魔法少女育成計画
episodesΦ
エピソーズ・ファイ
魔王を
討伐したいから
遠藤浅蜊
Endou Asari
illustration マルイノ

すれ違う間際、その答がふっと頭に浮かび、
真理子は咄嗟に少女の二の腕を掴み、
その場に留めた。
Primula
Farinosa

少女の顔に不安の色がきざし、
驚きを少し混ぜた怪訝そうな表情で
真理子を見返している。

「これ、落としましたよ」
「あら、ありがとう」
我らのリアルは充実しているか?
髑髏マークが頭の上に
浮かんでいたのは
前の席に座っている中学生くらいの男の子だった。
ハンカチを拾ってくれた少年だ。

魔法少女育成計画

episodesΦ《エピソーズ・ファイ》

遠藤浅蜊
Endou Asari

illustration マルイーノ

KL! このラノ文庫

E N T S

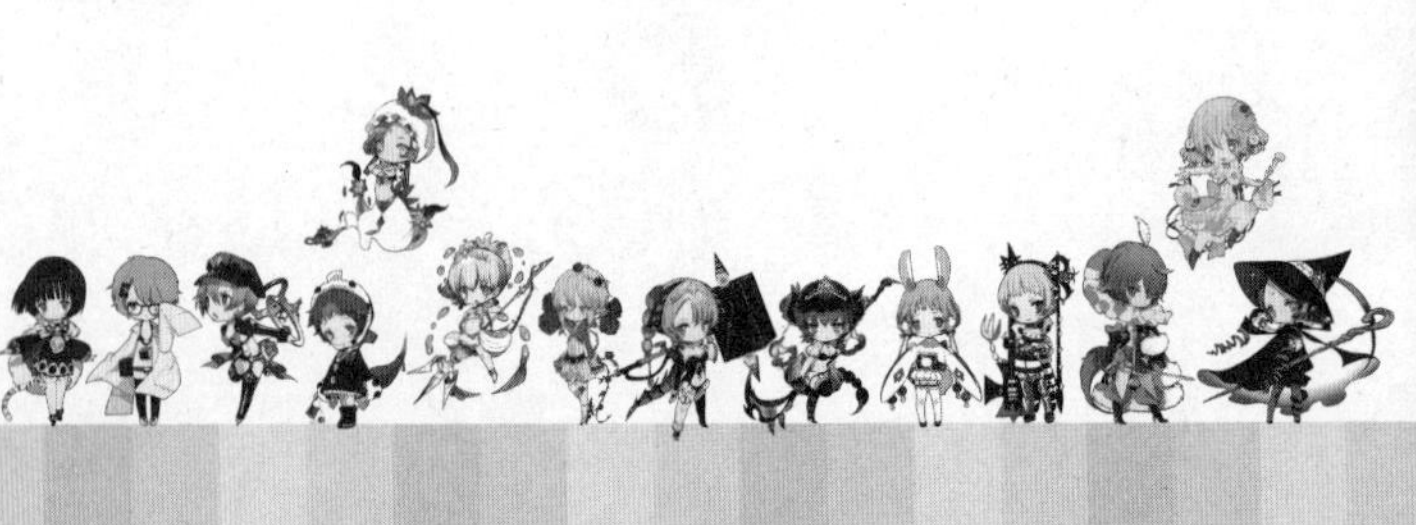

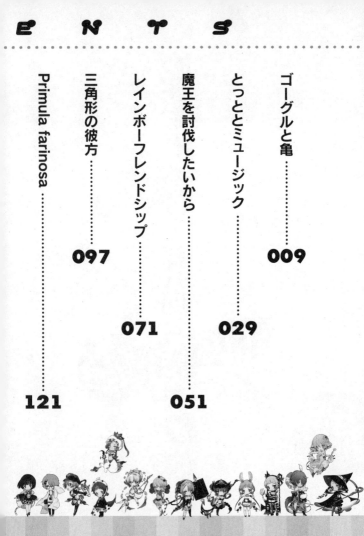

C O N T

※『ゴーグルと亀』～『レインボーフレンドシップ』までの四編は、『このライトノベルがすごい！文庫　スペシャルブログ』にて掲載された特別短編を加筆・修正したものです。

※『三角形の彼方』～『三姉妹育成計画 restart』までの三編は、『このマンガがすごい！WEB』内『月刊魔法少女育成計画』にて掲載された特別短編を加筆・修正したものです。

イラスト：マルイノ
デザイン：AFTERGLOW

『魔法少女育成計画』シリーズのあらすじ

『魔法少女育成計画』 あらすじ

大人気ソーシャルゲーム『魔法少女育成計画』は、数万人に一人の割合で本物の魔法少女を作り出す奇跡のゲームだった。幸運にも魔法の力を得て、充実した日々を送る少女達。しかしある日、運営から「増えすぎた魔法少女を半分に減らす」という一方的な通告が届き、十六人の魔法少女による苛烈で無慈悲なサバイバルレースが幕を開けた……。

『魔法少女育成計画restart』 あらすじ

「魔法の国」から力を与えられ、日々人助けに勤しむ魔法少女達。そんな彼女達に、見知らぬ差出人から『魔法少女育成計画』という名前のゲームへの招待状が届いた。死のリスクを孕んだ、理不尽なゲームに囚われた十六人の魔法少女は、黒幕の意図に翻弄されながらも、自分が生き残るために策を巡らせ始める……。

『魔法少女育成計画limited』 あらすじ

「あなたたちは魔法の才能を持っているのよ」放課後の理科準備室に現われた妖精は、そう告げると、室内にいた女子中学生達を魔法少女へと変えてしまった。「魔法少女になって、悪い魔法使いからわたしを助けて!」まるでマンガやアニメのような展開に、色めき立つ少女達。誕生したばかりの七人の魔法少女は、妖精に協力することを約束するが……。

『魔法少女育成計画JOKERS』 あらすじ

加賀美桜は平凡な少女で、桜が変身する魔法少女「プリズムチェリー」は平凡な魔法少女だった。平和な町で、地味な魔法を使い、淡々と人助けを続ける日々に退屈していた桜は、ある日クラスメイトの青木奈美から声をかけられる。「加賀美さんさ、魔法少女だよね？　あたしもなんだ――」非凡な魔法少女「プリンセス・デリュージ」との出会いによって、桜の運命が動き始める……！

『魔法少女育成計画ACES』 あらすじ

盟友リップルの行方を探しながら「魔法少女狩り」としての活動を続けるスノーホワイトに、「魔法の国」の中枢たる「三賢人」の一人から呼び出しがかかる。指定された屋敷に赴いたスノーホワイトを待ち受けていたのは、高貴そうな雰囲気を身にまとった、幼い容姿の少女だった。
少女はスノーホワイトに、とある魔法少女の護衛を依頼するが――。

S T O R Y

マナ

呪文と儀式でいろんな魔法を使うよ

テプセケメイ

メイ

風と同化してどこへでも行けるよ

7753《ななこさん》

七谷小鳥《ななや・ことり》

相手の能力がわかる魔法のゴーグルを使うよ

マジカルデイジー

八雲菊《やくも・きく》

必殺のデイジービームを撃てるよ

キーク

電脳空間で自由自在に行動できるよ

トットポップ

魔法のギターで実体のある音符を作り出すよ

レイン・ポウ

三香織《にのつぎ・かおり》

実体を持つ虹の橋を作り出せるよ

魔王パム

四枚の黒くて大きな羽で戦うよ

森の音楽家クラムベリー

音を自由自在に操ることができるよ

CHARACTER

プリンセス・テンペスト
東恩納鳴《ひがしおんな・めい》
風の力を使って敵と戦うよ
プリンセス・クェイク
茶藤千子《さとう・ちこ》
土の力を使って敵と戦うよ
ポスタリィ
酒己達子《さかき・たつこ》
どんなものでも持ち主のもとに送り返せるよ
プリズムチェリー
加賀美桜《かがみ・さくら》
鏡に映し出すものを自由に変えられるよ
プリンセス・デリュージ
青木奈美《あおき・なみ》
水の力を使って敵と戦うよ
プリンセス・インフェルノ
緋山朱里《ひやま・あかり》
火の力を使って敵と戦うよ
うるる
嘘をつくのがとても上手いよ
スノーホワイト
姫河小雪《ひめかわ・こゆき》
困っている人の心の声が聞こえるよ
袋井魔梨華《ふくろいまりか》
袋井真理子《ふくろい・まりこ》
頭にいろんな魔法の花を咲かせるよ

C　T　E　R

カフリア

誰が一番早く死ぬのかわかるよ

中野宇宙美《なかのソラミ》

封を切らずに中身が分かるよ

プレミアム幸子

誰かを少しの間すごくラッキーにするよ

下克上羽菜《げこくじょうはな》

感覚をものすごく鋭くできるよ

パトリシア

魔法の手錠でどんな敵でも無力化するよ

フィルルゥ

魔法の糸と針でなんでも縫いつけるよ

ラピス・ラズリーヌ

宝石を使ってテレポートできるよ

ソニア・ビーン

さわったものをすぐボロボロにしちゃうよ

プキン

魔法の剣で刺した相手の考えを変えさせるよ

C H A R A

ゴーグルと亀

『魔法少女育成計画limited』の物語が
終わってすぐの頃のお話です。

魔法少女の肉体は頑健《がんけん》にできているが、魔法使いは体力も自己治癒《ちゆ》力も人間と大して変わらない。ただし自前の魔法によって怪我を治療することができる。そのため怪我を負っても入院するようなことはない。

では魔法使いにとって病院は不要なのか？

そんなことはない。魔法使いが病院を利用することはある。軽い風邪のために鶏を買ってきてから首をかっさばいて長々と詠唱し、なんて面倒な儀式魔法を執《と》り行うくらいなら医者に風邪薬を処方してもらった方が手間も金も節約できる。

それに病院を必要とする理由は病気や怪我だけではない。魔法のかかった毒や薬によって中毒を起こしたりすれば、薬効を抜くために専門の病院に入院する。ただの毒や薬と違い、魔法にまつわる物であれば慎重《しんちょう》にし過ぎるということはない。専門家の元で時間をかけて正しい処置を施《ほどこ》さなければ後遺症が残ってしまう。

マナが事件解決後に即入院した理由はそれだった。限度を超えたマジカルドーピングによって、フィジカルで最高峰ともいえる魔法少女と渡り合えるほどに肉体を強化した反動は生易《なまやさ》しいものではない。薬が切れて、即その場で泡を吹き倒れた。

精神的にも肉体的にもまいっていた７７５３《ななこさん》は今生《こんじょう》の別れと思いこみ滂沱《ぼうだ》と涙してマナに取り縋《すが》り、救急車で運ばれていった後も泣き続け、事件のこと、一緒に戦った皆のことを思い出しながら泣き暮らし、マナが助かったことを上司から教えられてまた泣いた。

７７５３とは対照的に、新たな同居人となったテプセケメイは感情の動きを面《おもて》に出すことなく淡々と生活していた。「自分の家だと思ってください」というテンプレートに添《そ》った言葉を心底から真に受けてくれたのか、大して広くもない築三十余年の一戸建の中で家主よりも自由に振る舞っていた。かつて７７５３の父が使っていた書斎を拠点とし、家の中を探検したり庭をいじったりと忙しい。

それと並行して学習も進め、毎日テーブルに向かい、幼児用の絵本を読みながら「あ、い、う、え、お」と文字を音読している。ひらがなをマスターし、ふりがなさえ振ってあれば時間をかけて児童書を読むことができるようになった。

プキンを倒した時に泣いて以来、一度も涙を見せたことはないが、テプセケメイだって悲しんでいる。ゴーグルでテプセケメイの様子を観察している７７５３は知っている。彼女はそれを見せようとしないだけだ。

あの事件では、町が荒らされ、一般人にも多数の死傷者が出た。守ろうとしたものが次から次に掌《てのひら》から零《こぼ》れ落ちていった。

大量破壊兵器使用の計画があったという噂については、外交部門がきっぱり否定したという。ショックで足が震えた。なんのために皆を戦いの場へと連れ出し、むざむざ死なせてしまったのか。「こうなってしまった以上、外交部門がそんな噂を肯定するわけがない」と上司は話した。

それはその通りだろう。外交部門が今更真実を話すわけがない。だがもし噂が事実だったとしても、繰々姫《くるくるひめ》とファニートリックとウェディンを殺してしまったことは同じだ。甘い見通しでプキンを侮《あなど》り、フレデリカが交渉可能な相手だと思いこんだことは言い訳のしようがない。

上司が「君はでき得る限りの仕事をしてくれた」と慰《なぐさ》めてくれようと死者が生き返ることはない。命令違反を咎《とが》められることもなく、それに対する罰《ばつ》もくだされない。いっそ罰してほしかった。それが甘えだと知っている。その上で罰してほしい。

彼女達の才能を見通すためゴーグルを向けた時、表示されたパラメーターだけでなく、持っている全てが伝わってきた。今まで思ってきたこと、してきたこと、文字通り人生そのもの、美しさも醜《みにく》さも気高さも汚さも含めた全てだ。繰々姫もファニートリックもウェディンも恐怖を押し殺して大切な物を守るために立ち上がった。怖くて、恐ろしくて、逃げてしまいたくて、それでも戦おうと決意した。嘘を吐《つ》き続けていた7753を信用してくれた。正しい魔法少女だった。彼女達には未来があった。

絶対に、なにがあろうと、生還させてあげなければならなかった。なのに生き残ってしまったのは7753の方だった。

後悔が絶え間なく染《し》み出してくる。「彼女の面倒をみてやるように。ランプさえあれば文句はないそうだが、暴走しないかどうかもきちんとチェックしておくように」という上司からのメッセージとともに送りこまれたテプセケメイがいなければ、一人きりで押し潰《つぶ》されてしまっていたかもしれない。

変身前が動物の魔法少女は珍しい。７７５３の職歴の中で出会った無数の魔法少女の中で、人間以外から変身した魔法少女は三名しかいなかった。彼女達は人間に比べて直情径行型である場合が多く、思ったことを即断即決で実行し、怒りや喜びといった感情表現がストレートで、敵味方をはっきりさせる。

テプセケメイはそういった動物系魔法少女のテンプレートから外れていた。感情を露《あら》わにすることが殆《ほとん》ど無く、人間の魔法少女と比べても落ち着いていた。亀という生き物のイメージ通り、といえなくもない。

事件の数日後、テプセケメイが模造ランプ一つだけを手荷物に７７５３宅を訪れ、住み着いた。７７５３が泣いていようと全く我《われ》関せずで、時折《ときおり》庭に出て空を眺めたり土を掘ったりまた埋めたりしている。

「変身したまま外に出ないでもらいたいんですが」

「メイは変身したままがいい」

「隣近所の目というものがあるんです」

一応は理解してくれたのか、それ以来、たとえ庭であっても外に出る時は風と同化して体色をギリギリまで薄めるようにはしてくれた。

７７５３がへこたれている間も、盛土《もりつち》をしたり植木の場所を変えたりと自由気ままに庭を改造し、いくらなんでもと声をかけたが聞いてくれない。

「ここはもうメイの家だから好きにしていい」

「いや、あの、私の家なんですよ」

「同棲してるからメイの家」

「同棲って……なんでそんな言葉知ってるんですか」

「テレビでやってた」

せめて同居といってほしかった。もしかすると変身前が雄だったりしたのかもしれない。人生初の同棲相手が亀の雄というのはあまりにも救われず、恐ろしくて変身前の性別をチェックすることはできなかった。

テプセケメイは庭だけでなく家の中も住みやすいようにいじり始め、それは７７５３から見ると到底住みやすいようにしているとは思えず、放っておくこともできずにやめさせる。これでは落ちこんでいる暇《ひま》もない。ひょっとしたら７７５３の気を紛《まぎ》らわせるため、あえて面倒なことをしているのでは——と思い、ゴーグルで見てみると、そういうわけでは全然なくて、ただ気まぐれなだけだった。

それに、本当に気が紛れたわけではない。

生命が尽きかけていたのに、プキンに対して拳《こぶし》を向けた羽菜《はな》のこと。

羽菜を助けようとしてくれた魔王パムのこと。

魔王パムを助けに行って戻ってこなかったリップルのこと。

魔法少女に憧れていたんだと泣いていたウェディンのこと。

致命傷を負いながらも這《は》いずってプキンに攻撃したファニートリックのこと。

たった一人で危険な囮《おとり》役を引き受けてくれた繰々姫のこと。

折れた道路標識、歪《ゆが》んだガードレール、割れている道路、崩れているブロック塀、噴き上がる黒煙、倒れている人、横倒しのトラック、ビルに突っこんだ電車。

マナが運ばれ、7753とテプセケメイは救助に向かった。どこに行っても人が死んでいる。助けようとしても助け切れない。水の中で足をばたつかせても全く前に進まない悪夢の中にいるようだった。

家の中では常に変身しているようにしていた。人間のままでは本当に潰されてしまう。きっと跡形《あとかた》も残らない。アルコールや睡眠に逃げることはできない。逃げる前に追いつかれる。そして7753は潰される。潰されてしまいたくない、と思えるだけ前向きなのかもしれない。潰されてもいい、潰されるべきだ、までは達していなかった。

テプセケメイの奇行を窘《たしな》めつつ、家の中に籠《こ》もって鬱々《うつうつ》としている。一週間、二週間とそんな日々を過ごし、三週間目になって上司から連絡があった。

病院名、病棟と病室、それに時間帯を教えられた。

「マナ班長のお父上から許可をいただいた。現在療養中ではあるが、本人にすべきことはなく退屈しているのだそうだ。見舞いに来てくれれば嬉しい、とのことだよ。私は後始末で忙しいからそちらでよろしくやっておいてほしい」

お見舞い。マナの様子が見たいという気持ちはある。申し訳なくて顔を合わせられないという気持ちもある。どちらの気持ちも本心からのものだ。

「お見舞い、知ってる。テレビで見た。メイも行きたい」

テプセケメイは行きたがっている。身内がいいといってくれていても、マナ本人はどう思っているのだろうか。

翌日、7753はコートと帽子で髪とコスチュームを隠し、ご近所の目を避けつつ家を出た。もうすぐクリスマスということで商店街の通りには樅《もみ》ノ木が並び、電飾とモールで飾り立てられていた。茶問屋の松の木にまでイルミネーションが飾られている。

息は白く、街路樹はくすんだこげ茶に枯れ、生命感の薄い季節なのに、他全てを巻きこんで人間だけが楽しそうに騒いでいる。

テプセケメイが外を見ようと肩掛け鞄の中から顔を出そうとするので油断ができない。

「ランプの中でじっとしているって約束したはずですよ」

「メイは外が見たい」

「病室で外に出してあげますからそれまで待っていてください」

途中、生花店で花束を購入した。聳《そび》え立つように立派な桃色のシンビジウムを中心に、なるだけ華やかな組み合わせを作ってもらい、リボンで纏《まと》めた。

さらに洋菓子屋でチョコレートムースを購入。テレビ番組で紹介されていた有名店だ。予約しておかなければ午前中だけで売り切れ必至の人気商品で、ちょんと乗ったクリームと苺《いちご》が可愛らしい。

「おいしいものの匂いがする」

「だから顔を出しちゃダメだって」

チーズケーキを一つ追加注文し、鞄の中に入れてテプセケメイを黙らせた。魔法少女は飲食を必要としないはずなのに、なぜ匂いに惹《ひ》かれるのだろう。動物だからだろうか。

電車を乗り継ぎ県境を跨《また》いで着いた先は、歩いて一周するだけでも一時間はかかりそうな大きな病院だった。真白い外壁には染み一つなく……というわけでもなく、注視してみれば鳥の糞《ふん》がこびりついていた。

この病院は「魔法の国」の出先機関の一つだ。魔法使いから魔法毒を抜くための設備まで揃っている。だが一般の患者を受け付けていないわけではない、むしろ滅多にない魔法関係の患者よりはそちらがメインになっている。

「メイはこの匂い、嫌い」

「消毒薬の匂いが好きな人はあまりいません。我慢してください」

正門から駐車場の傍《そば》を通り、側溝の金網を渡って病院の中に入る。リースやサンタの置物といったちょっとした飾りつけがクリスマスムードを煽《あお》っている。世間から隔絶《かくぜつ》しているわけではなく、病院の中も地続きだ。すれ違う医者や看護師もどこか浮き立っているような気がした。

病院の案内図で現在位置と目的地を確認し、まずは人気《ひとけ》のない談話室に入った。

「おしっこ？」

「なんで談話室でそういう発想になるんですか」

鏡にはゴーグルをかけた７７５３が映っている。設定を「悲しさ」から「苦しさ」へ、その後「寂しさ」に変更してみた。なにも出てこない。知っていた。鏡はあくまでの７７５３の像を映し出しているに過ぎない。それは７７５３ではなく、あくまでも鏡だ。

行為の馬鹿馬鹿しさとセンチメンタリズムに溜息《ためいき》を吐《つ》き、ゴーグルを外して鞄の中に入れた。緊急時はともかく、目上の人間に会いにいこうというのにゴーグルをつけたままというのはまずい。B市で初めてマナに会った時もこんなことを考えていた。そして挨拶をしてすぐに変身していなかったことを咎められた。

「どうして笑ってる？」

「……別に笑ってはいません」

髪やコスチュームがきちんと隠れていることを備え付けの鏡で確認し、７７５３は談話室を後にした。リノリウムに響く靴音が妙に大きく聞こえて、歩く速度を落とし、そろりそろりと足を出して前に進んだ。足が重い。というより気が重い。病室に近づくにつれ重くなる。喉が渇き、掌は逆に湿《しめ》る。

マナは今なにを考えているだろう。あの時起きたことをどう思っているだろう。あの時は散々罵《ののし》られたが、罵られるだけのことをした自覚もあった。また罵声《ばせい》を浴びるのかもしれない。でもそうなってくれた方が気が楽だとも思う。

病室のドアをノックし、「どうぞ」と促《うなが》す声を聞いて部屋に入った。

入るなり目を眇《すが》めた。蛍光色をふんだんに使用したカラフルな魔法陣が、天井、床、壁に描かれ、大小様々な円で全ての面を埋め立てんとしている。大きな液晶テレビ、ポット、冷蔵庫、クッションに革張りのソファーベッドまで完備されている。

中央には天蓋《てんがい》付きのベッドが陣取り、小さな身体を横たえた少女がこちらを見ていた。

「なんだ、お前か」

ふんと鼻を鳴らして眼鏡の位置を整えた。その姿が涙で滲《にじ》み、7753は目元を擦《こす》った。

「あの……お元気そうで」

「馬鹿が。入院している者が元気なわけがあるか」

マナは窓側に顔を向けた。そっぽを向かれた形にはなったが、帰れと怒鳴られることはなかった。「どこにでも座れ」と小さく声をかけられてほっとし、また涙が出そうになる。

最近涙腺《るいせん》が緩くてどうしようもない。

「メイも出ていい？」

「ああ、そうだ。出ていいですよ」

鞄からするすると出てきたテプセケメイは、なぜかゴーグルをかけていた。

「なにやってんですか！　ゴーグルしてちゃダメなんですってば！」

慌ててゴーグルを奪い取り、鞄の中に放り入れた。テプセケメイは罪悪感皆無《かいむ》の様子で堂々とソファーに寝転がっている。

「パンチはまだ？」

「は？　パンチ？」

「パンチをお見舞いする」

「いやいやいや！　そっちのお見舞いじゃないですから！」

「おいしいもの、まだ？」

「いや、あの、これはお見舞いの品……プレゼントするために持ってきた物ですから……ええと、マナさん。よろしければお召し上がりください。あとこれも……」

水差しの隣にある大振りのガラス花瓶にはなにも飾られていなかった。

「飾らせていただいてもよろしいですか？」

「好きにしろ」

じっとしていると気がもたない。動いていた方が気は紛れる。備え付けの洗面所で花瓶に水を入れた。花瓶の中は乾ききっていて水の一滴もない。専用のトイレと洗面所がある個室。ちょっとしたＶＩＰルームだ。つるりと磨《みが》き上げられた陶器《とうき》の洗面台も、部屋の大きさも、調度品も、全てが豪勢な造りなのに、花は無い。

なんとなく物寂しい気持ちになって洗面所から出ると、テプセケメイが紙皿の上にチョコレートムースを並べていた。テプセケメイは自主的に配膳《はいぜん》をするようなキャラクターではない。さらにポットからお湯を注いでティーバッグをカップに浮かべている。マナが命令したのだろう。マナにちらりと目をやる。窓の外を見ている。怒っているでもなく、悲しんでいるでもない。７７５３は目を伏せ、背筋《せすじ》を伸ばした。

「世間はクリスマス一色ですよ。ほら、花もそんな感じでしょう」

わざと明るい声を出しているのだと思われないように気をつけた。

テプセケメイの隣に腰掛け、紙皿とお茶を受け取り、マナの顔を見た。カーテンから漏れた光で眼鏡が光り、瞳が見えない。特徴的な巻き毛はストレートに戻され布団の中に潜りこんでいた。量販店で売っていそうなスウェットを着こみ、長期入院の患者というよりはだらしない怠《なま》け者というふうにも見える。

窓の外に目を向けたまま、ムースを一口食べ、二口食べた。日の光に照らされているせいか、顔色がとても白い。

「そっちは、どうだ」

「特に変わりなく、という感じです。上の方は後片付けで忙しいらしいですけど」

「そうか……忙しさが一段落ついたら、そっちの上司と会っておきたい。話を通してもらうことはできるか？」

「ええ、私でできることでしたら」

「この事件のことをもっと調べておきたい」

マナはムースを切り分け、もう一口食べた。顔が少し色を取り戻しているように見えた。

窓の外には雲が流れている。部屋の中の空気はどこか重たい。なにを話せばいいのか。マナと顔を合わせれば一つしかない。事件のことだ。羽菜や魔王パムやリップルのことだ。ファニートリックや繰々姫やウェディンのことだ。でも、そんなことは話せない。

マナは紅茶で湿った口を開いた。

「もっと知りたいことがあるし、調べたいことがある。ここを出たらすぐに動く」

「知りたいこと、ですか」

「一面から見て、それだけでわかるわけがない。羽菜がよくそんなことをいっていた」

マナは天井を見上げ、テレビのリモコンを取って見詰め、すぐ置いた。

「確かめておきたい」

マナは掛布団の端をぎゅっと握って離すのを繰り返し、頬に手を当て左右から顔を押した。なにをしようとしているのかよくわからない。

マナはムースを口の中に入れ、溜息を吐いた。

「なんというか」

「はい」

「なんというかさ」

「はい」

マナは紅茶のカップを置いた。

「なんというか、なんというか」

「はい……」

「私の所には誰も見舞いに来ない」

花瓶が乾いていたことからも察してはいた。しかし本人から直接そういわれてしまっても反応に困る。7753が逡巡《しゅんじゅん》している間にテプセケメイが「メイ達が来てる」と答えた。

「それだけ。あとはパパが来たけど、あの人研究馬鹿だからなにも持ってきてくれなくて。私の服とか最低限の物しか持ってきてくれないし」

声が震えている。マナは下唇を突き出し、残ったムースを一度に口の中へ入れた。

「いえ、あの」

「私は誰にも愛されてない。羽菜お姉ちゃんは……もう、いない」

ぐすっと鼻をすする音がした。マナの双眸から大粒の涙が次々に零れ落ち、7753は椅子から腰を上げた。

「だ、大丈夫……ですか？」

「羽菜お姉ちゃん……羽菜お姉ちゃん……」

身体をぶるっと震わせ、それを機に赤ん坊のように声を震わせ泣き出した。顔が赤い。興奮しているのだろうか。7753はテプセケメイを見たが、全く動揺せずに黙々とムースを食べている。まさかナースコールをするわけにもいかない。

マナは子供のように泣き続け、7753はただおろおろと戸惑《とまど》い、テプセケメイは7753のチョコレートムースにまで手を伸ばし、そこでガラッとドアが開いた。

「ああ！　まーたよくないもの食べて！」

熊、ではなかった。熊のように体格の良い中年の女性看護師がのしのしと部屋に入り、チョコレートムースの乗っていた紙皿を取り上げると匂いを嗅いで顔をしかめた。

「アルコール！　なに考えてんの！」

「えっ、いえ、その」

「魔法使いっていうのは繊細《せんさい》なの。口から入った薬品がおっそろしく効果及ぼしたりなんてことが珍しくないの。しかもあんた、よりによって薬抜くため入院してる魔法使いのお見舞いにアルコール入りのお菓子持ってくるなんて」

巨体の看護師は恐らく魔法使い専属で、そういった知識も有しているのだろう。いわれるまで気がつかなかった。7753は慌てて皿に鼻を近づけた。病院全体から立ち昇る消毒薬臭に誤魔化されていたが、いわれてみれば確かにアルコールの匂いがする。

「こんなにされて……可哀想に」

巨体の看護師がマナを抱き、マナはしがみついていよいよ盛大に泣いていた。

「そんなことだから魔法少女はデリカシーが無いっていうのよ！」

「は、はい、すいません、ごめんなさい」

「出ていきなさい！」

「も、申し訳ありません！」

ほぼ追い出された。

そういえば羽菜が「班長はお酒が入ると付き合いやすい」なんてことをいっていたような気がする。今更思い出しても後の祭りだ。酒に弱い以前に、入院患者にアルコール入りのお菓子を持ってきてしまうのは間違いなくデリカシーが不足している。

7753はトイレの個室で鞄を抱いて項垂《うなだ》れた。失敗した。余計なことをした。もっと話すべきことはあったはずだし、話したいこともたくさんあった。つまらないことだって知りたかった。それこそ好きな食べ物でも好みの異性のタイプでもなんでも良かった。

「赤いのが減るのってどういうこと？」

鞄の中から声をかけられ、顔を上げた。テプセケメイは追い出されたことをどう思っているのだろう。きっとどうも思っていない。

「……赤いのってなんです？」

「丸くて先がとんがってる」

テプセケメイがするっと鞄の中から飛び出し、個室の中が一気に狭苦しくなった。

「ここに出てくる」

テプセケメイが差し出した右手の上には７７５３のゴーグルがある。

「ああ、ハートですか」

「メイはずっとこれで見ていた。メイ達が入った時、お見舞いの女のハートがばばんと減った。お見舞いの女がどういうことになったのか、気になる」

ゴーグルの表示は「寂しい」だ。部屋に入る前に設定したままだった。

「メイはとても気になる」

出た時と同じように、するりと鞄の中に入ってしまう。

７７５３はゴーグルをじっと見た。トイレの照明を反射して安っぽい黄色に光っている。アルコール入りのムースで酔わせ、泣かせ、それでも、ほんの少しくらいは、役に立てたのだろうか。マナの寂しさが減った。７７５３も同じだ。マナの顔を久々に見た時、寂しさが減った。自分自身をゴーグルで見ることができなくともわかる。

７７５３は立ち上がった。

「もう一度、行ってみましょう。また追い出されるかもしれませんが、それなら後日来るということでいいです。まだ話したいことはいっぱいありますから」

「メイもそれがいいと思う。メイはグレースについていく」

「……グレース？」

「グレースはウェディンに似てる。コモノなところが」

誰かと勘違いされている上、失礼なことをいわれている気がする。だが、今訂正しても覚えてもらえる気がしない。だったら後に回せばいい。今すべきことを今する。

マナは事件について調べたいといっていた。それを手伝わせてもらおう。

７７５３は個室のノブを回した。

とっととミュージック

『魔法少女育成計画』のゲームが
始まるかなり前のお話です。

耳を塞《ふさ》ぎたくなるような衝撃音が二度響いた。一度目は乱暴にドアを開ける音で、二度目は乱暴な手段で開けたドアが壁にぶつかって跳ね返った音だ。

こんな方法でこの部屋に入ってくる知り合いは一人しかいない。

「ハーイ！　あなたの恋人トットポップちゃんでーす！　おひさねー！」

テンションの高さが鬱陶《うっとう》しくもわずらわしい。

ロングTシャツに武骨《ぶこつ》なギターという組み合わせで全体に髑髏《どくろ》モチーフを散らし、唇のピアスをきらりと光らせ、「舞台メイクはスターとして当然」とうそぶいて魔法少女の癖にバッチリと化粧まで決め、パンクロッカーらしさを追求している。

「知ってるよ……自己紹介しなくても嫌ってくらい知ってるよ……」

「どしたのキークちゃん。元気ないねー。姉弟子として相談にのったげるね」

「姉弟子ってなによ」

「ああ、ごめん。これはトップシークレットだったたね。聞かなかったことにしといて」

――クソ、相変わらず意味がわからない……そしてうざい……。

キークは椅子を回転させて振り返った。あからさまな溜息を浴びせてやったが、トットポップは怯《ひる》みもせず、当然のように遠慮もしない。許可も得ず傍《かたわ》らのパイプ椅子を引き寄せて座り、ギターをスチール机に立てかけた。

「あのね。今こっちは忙しいの」

「大丈夫大丈夫、こっちは暇だから」

「大丈夫じゃねーから。一人で勝手に暇しててくれよ」

「そんな邪険にしないでよ。用事が済んだらすぐにいなくなるからね」

眼鏡のズレを右手で直そうとしたが、白衣の袖《そで》が長いせいで右手の指が出ていなかった。

「本当勘弁してよ……なんだかんだであんたの話いっつも長いんだよ……」

「それは仕方ないね。キークちゃんとお話ししてると楽しいからね」

ぐっと言葉に詰まった。二度三度と咳払いをして誤魔化す。ダメだ。受け入れてはいけない。こいつはこうやって自分のペースに持っていく。

「キークちゃんってばほっぺた赤くなってるう～」

「え、嘘」

「うん、嘘。いえーい、引っかかった～」

「お前は……本当に……お前はぁぁぁ！」

椅子を弾《はじ》いて立ち上がった。弾かれた椅子はキャスターにより部屋の隅まで転がっていき、部屋の中の埃《ほこり》が舞い上がった。

肩を震わせ、今度こそ顔を赤くしてトットポップを睨《にら》みつけ、睨みつけられた側は蛙の面になんとやらといった体で平然としている。それどころか笑顔を浮かべてさえいる。

顔を見ていたら力が抜けた。座ろうとしたが椅子が無い。

「あんたってやつは……本当にもう……」

「本当にもう？」

「いいよ、もう。用事ってなに？」

「管理部門の偉い人に知り合いいない？」

「いない」

「じゃあ知り合いの知り合いは？」

「いなくもないけど……」

「紹介して」

「はあ？」

「プリーズヘルプミー！」

偉い人の知り合いはそれなりにいる。なぜならキーク自身がそこそこ偉い人に該当するためだ。トットポップの態度が偉い人に対するものでないのは、今更なんといおうと改めることはないだろうから諦《あきら》めている。

管理部門の偉い人の知り合いの知り合いくらいなら紹介できる。だが管理部門の責任者は音に聞こえた魔法少女嫌いではなかっただろうか。そんな人物であれば、トットポップのことを叱りつけてくれるかもしれない。それで少しは反省すべきだ。

「よし、教えてやる。有り難く思うようにね」

「あーりがと！　キークちゃん愛してる！　ちゅっちゅ！」

「うぜえ！　やめろ！　涎《よだれ》つけんな！」

◇◇◇

曼荼羅《まんだら》のような極彩色《ごくさいしょく》に光る魔法陣がいくつも浮かび、それ以外は闇一色という部屋の中で老人と少女が向かい合って座っていた。

老人は革張りの椅子の上でふんぞり返り、いかにも機嫌悪そうに少女を睨みつけている。足元まで隠す長いローブ、長く白い顎鬚《あごひげ》、捩《ね》じくれまがった大仰《おおぎょう》な杖《つえ》、これらの特徴全てが魔法使いであることを示していた。

少女はごついギターを膝の上に置いていた。シャツとパンツには鋲《びょう》とベルトをふんだんに用い、髪飾りはトラバサミ型という攻撃的なスタイルで、魔法少女というよりはミュージシャン、ギタリストあたりが呼称《こしょう》として相応《ふさわ》しい。眉間《みけん》に深く皺《しわ》を寄せる老人とは対照的に、なにがおかしいのか無暗《むやみ》ににこにこと笑顔を浮かべている。

老人は聞えよがしに舌打ちをした。

「オスク師の紹介と聞いて会ってやったら……まさか魔法少女とはな」

低くぼそぼそとした声だ。老人は独り言ともとれる口ぶりで呟《つぶや》いた。

「わしは貴様ら魔法少女が嫌いだ」

「またまたそんなこと」

「ここまで追いやられたのは全て貴様らと貴様らを生み出した俗物輩《ぞくぶつばら》のせいだ。魔法少女のことを憎んでいるといっていいだろう……」

少女の相槌《あいづち》にも全く反応を見せない。いよいよもって独り言の様相を呈《てい》してきた。

「貴様なんぞ本来ならこの部屋に入れることさえなかった。魔法少女ごときが増長し、魔法使いの一人にでもなったつもりで勘違いしている。いったい何様のつもりだ」

老人は右手の杖で部屋の入口を指し示した。杖の先は震えている。恐怖のせいではない。怒りと加齢によって震えている。老人の声はいよいよ低く、聞き取り難《にく》くなる。

「出ていけ。これ以上話すことはない」

「まあまあ。話すことはないなんていわないの」

怯《おび》えるでもなく、怒るでもなく、少女は笑顔を崩さないまま両掌を老人に見せた。


（三十分後）

「わしはいってやった。そのような不正を働くことにより、当座の利益を得ることができても信用を損《そこ》なう。それこそが『魔法の国』にとって最も恐るべき事態ではないのかと」

「おお、すげえね。男気溢《あふ》れまくりね」

「だが正しい方が勝つとは限らぬのがこの世界よ。やつめは地位を利用して徐々にこちらの味方を切り崩していき、最後となった会議では既にわしの周りは敵のみになっていた」

「マジで！　ひでえ！」

「それによりわしは所長の地位を追われてしまった。魔法少女管理部門などという辺境に追いやられ、もはや強化魔法の研究とは縁遠い……」

「でもいいこともあったね」

「いいことなんぞあるものか」

「こんなに可愛いトットポップちゃんとお知り合いになれたじゃない」

「……ふん、馬鹿馬鹿しい」

老人は杖を支えにして背を曲げた。口ぶりほど不愉快でないのは自分自身が知っている。

「そういえば、貴様はなぜここへ来たんだったかな」

「マジカルデイジーの現住所を教えてもらいに来たのね」

老人は数語の呪文を唱え、杖を小さく振るう。突如空中に発生した紙切れがひらりひらりと宙に舞い、慌てて差し出した少女の掌に受け止められた。

「住所はそこに記してある。持っていけ」

「素晴らしいね！」

「ふん。勘違いするなよ。正規の手続きを踏んだから教えてやっただけのことだ」

「サンキュー！　恩に着るよ！」

少女の姿が部屋の中から掻き消え、老人は背と膝を伸ばして椅子の背に寄りかかった。

正規の手続きを踏んでいたのは事実だ。だがそれでも魔法少女相手に話してやるつもりはなかった。老人は魔法少女が嫌いだった。一段低い存在として見下していた。なのになぜか話をしていた。全く必要のない無駄話だった。久しぶりの無駄話に興《きょう》じた後は、不思議と住所を教えてやってもいいかという気になっていた。魔法少女への恨《うら》みも差別意識も薄らいでいた。

魔法を使われたわけではない、と思う。ではなぜだろう。この短時間でここまで考えが変わってしまった理由がわからない。老人は魔法陣に照らされながら顎鬚を撫でつけた。

◇◇◇

八雲菊《やくもきく》が家に帰りついた時、そこには魔法少女の客がいた。

「どーもね！　はじめまして！　トットポップってケチな魔法少女がやって来たね！」

「え？　いや、え？　な、なに？」

握手を求められ、なんとなく応じてしまう。混乱した。混乱しないわけがない。大学で授業を受け、バイト先の工場では大重量の干物をいくつも移動させ、営業時間ギリギリの銭湯で汗を流し、その後魔法少女に変身して地域の治安を守るべく活動してきた。具体的にいうと児童公園を中心にゴミ拾いをしてきた。

くたくたに疲れて帰宅し、あとは布団に倒れて眠るだけだと思っていたのに、なぜかボロアパートのドアは鍵がかかっていなかった。まさか鍵をかけずに家を出たのか、でも盗まれて困るような物ってなにかあったっけとドアを開けるとそこにはギターを横に置き畳の上で正座しているパンキッシュなバンドウーマンがいた。

これで混乱しないわけがない。

「え？　魔法少女？　どうしてここに？」

「管理部門で住所教えてもらったから」

「いやそうじゃなくて鍵かかってたでしょう」

「大家さんとお話ししたら快く鍵を開けてくれたね。暴力的手段は使ってないからご安心」

「ご安心ってそんな無茶な」

「あなたマジカルデイジーでいいのね？」

「あ、はい」

後ろ手にドアを閉め、変身した。右手にマジカルロッド、腰に花飾り、スカート丈は膝上二十五センチ、かつてアニメとして放映されたこともある――

「おお！　マジでマジカルデイジー！　いや駄洒落《だじゃれ》じゃなくて！」

少女はデイジーの手を取ってぶんぶんと上下に振るい、デイジーは場の空気に流されていることを自覚しながらやんわりと微笑んだ。有名税という言葉がある。アニメになればファンがつく。ファンが多ければ、それだけおかしな人が混ざる。とりあえずサインするなり一緒に写真を撮るなりしてさっさとお帰りいただくのがいいだろう。

「それでその……トットポップさんでしたっけ？　今日はなんのご用で」

トットポップはデイジーの手を離し、畳の上に平伏《へいふく》した。その流れは制止できないほどスムーズで、舌足らずな日本語に反して彼女は純然たる日本人だったのかもしれない。そうでなければこうも見事な土下座ができるだろうか。

「お願いね！　一緒に組んでバンド活動をしてほしいの！」

「……は？」

トットポップは畳に伏せたまま顔を上げた。額には畳の跡がつき、頬が紅潮している。

「つい先日ＤＶＤでマジカルデイジーを視聴する機会に恵まれたのね」

「ああ、それはどうも」

「そのオープニングテーマにノックアウトされたね！　あんな素晴らしいテーマソングがあるかと！　革命的アニメソング！　ミラクル！　ロジカル！　この歌を作り上げたマジ

カルデイジーなら！　きっと素晴らしい曲を作り上げることができる！　確信ね！」

マジカルデイジーは頭の後ろに手を当て、申し訳なさげにトットポップを見下ろした。

「オープニングテーマって私が作ったわけではないんですよ」

「え？　マジで？」

「はい、マジです」

「じゃあ作った人紹介して欲しいね」

「それは私の一存というわけには……管理部門にもう一度問い合わせてみてくださいよ」

「もっかい『魔法の国』に戻って調べ直してもらったりしたら今度こそあのおじいちゃん気を悪くするね」

「そんなこといわれても……」


（三十分後）


「そこで必殺デイジービーム！」

「カッコいーー！　デイジーサイコーー！」

「あ、必殺といっても人に向けたりはしませんからね」

「デイジーやさしーー！　超人道主義ーー！　現代のマザーテレサーー！」

「というわけでなんとか事件が解決したんです」

「いやーびっくりね。マジカルデイジー十七話にまさかそんな裏事情があったなんて」

「裏事情というほどのものではないんですけどね」

手の甲で額《ひたい》を拭《ぬぐ》った。狭《せま》い部屋の中でアクションまで交えて説明したせいで汗をかいている。両隣が留守でなければ確実に壁を殴られていただろう。トットポップの拍手を浴びながら心地良い疲労感に包まれ、ふと思い出した。

「そういえばトットポップさんはなんでここに来てたんでしたっけ」

「マジカルデイジーオープニングテーマを作った人を教えてほしいのね」

そういえばそんなことを話していた。熱中し過ぎて忘れていた。

畳の上で正座をしているトットポップを見た。蛍光灯の安っぽい光を受け、目がきらきらと輝いている。見た目だけではなく、とりあえず悪人ではないらしい。

――悪人じゃないなら、いいか。

大学ノートを一枚破り、そこに連絡先を書き記した。

「あまり無理をいってやらないでくださいね」

「ヒュー！　ありがと！　デイジーサイコー！　愛してるね！」

トットポップは紙を受け取るなり疾風《はやて》のように飛び出していった。デイジーは開け放たれたドアを閉め、小さく微笑んだ。突然トットポップが訪ねてきたらパレットもきっと驚くだろう。連絡ついでに、久しぶりで電話を入れてみようと思った。

◇◇◇

「で、どうしてここに来たんですか?」

「それはその、道順的に回り回ってね」

魔法少女「トットポップ」は右手の指を一本ずつ立てていった。本人はきっと筋道を立てて話しているつもりなのだろう。

「まずは管理部門でデイジーの住所聞いて、デイジーの所に行ったね。そんでデイジーから紹介されたマスコットキャラクターのパレットんとこに行ったの。でもパレットってば作詞担当しただけなんだって。パレットに教えてもらったんだけど、マスコット仲間で作曲できそうな人に作曲を外注してたそうなのね。で、その外注先はファヴっていう電子妖精タイプのマスコットキャラクターで、これはきっとボーカロイド的な歌姫っぽいあれなんだろうと思ってたらここも違うっていうのね。作曲は『森の音楽家クラムベリー』っていう魔法少女にお願いしたっていうの」

「それで私の所までやって来たと」

ブーツの踵《かかと》を床に打ちつけた。二人の魔法少女以外は誰もいない廃墟《はいきょ》だけに、音が響く。

　ファヴがこちらに話を回した理由が透《す》けて見えた。あの電子妖精は好きなことは進んでやるが、面倒なことは極力避ける。

「ファヴは確かにいってたのね。マジカルデイジーオープニングテーマの作曲をやったのは森の音楽家クラムベリーだって。自分がやったという名目になってるけど、名前を出しただけで仕事は全部クラムベリーに丸投げしたんだって」

　クラムベリーは苦笑し、肩の薔薇《ばら》が揺れた。金色の花粉が散り、消える。

「確かにそういった仕事もやらせていただきました」

「おお！　素晴らしいね！　伊達《だて》に音楽家なんて名乗ってないね！」

　窓から外を見ると雪がちらついている。背の高い杉の天辺《てっぺん》が薄ら白い。延々と続く杉の林全てが、ほとなく雪化粧に覆われてしまうだろう。

　騒がしい客は好みではない。二人以外は誰もいない寒々しい山奥の廃墟でのことである。クラムベリーが得意とする暴力的手段で口を封じれば早い、と考えかけ、すぐに思い直した。管理部門からここまで辿《たど》ってきたというなら、行方不明になってはまずいことになる。

　つまりは、不本意ながら話し合いでさよならするしかない。

　――こういうことこそファヴの仕事でしょうにねえ。

　クラムベリーは窓から視線を外した。内心を押し隠し、にこやかな笑顔を崩すことなくトットポップに向き直り、期待に胸を膨らませたその表情に若干鼻白《じゃっかんはなじろ》んだ。


「ほう。そういった魔法少女もいるんですね」

「うちの師匠がスカウトやってるんで変な魔法少女の話は事欠かないのね」

「風変りな魔法少女というと一家全員魔法少女に変身したということがありました」

「うっへえ。すげえね。それどういうことだったの？」


（三十分後）


「遠距離系をある種完成させたといっても過言ではないといわれてましたね」

「でも結局オールラウンダーの究極がそれ以上ってことになっちゃわない？」

「集団運用した時を想定しての評価ですので個人の実力のみを測るべきではない、というような結論を出していたようですが、私の考えは少々違います」

「それはつまりどういうことね？」


（一時間後）

（二時間後）

「理論上の汎用性《はんようせい》を煮詰めた結果が『全能』なのでしょうね」

「ええー、でもそれちょっと納得いかないのね」

「どういうところが納得いきませんか？」

「だってそんなの戦ってもつまんないじゃない」

「そう、それですよ。詰まるところ我々がなにを求めているのかというと――」

「ちょっと待つぽん」

魔法の端末が声を出した、わけではない。画面上に浮かび上がった白と黒の球体……電子妖精のファヴだ。付き合いの長いクラムベリーにはファヴの出す合成音声からも機嫌の良し悪しを推《お》し量《はか》ることができる。今のファヴは機嫌が悪い。

「どうしましたファヴ？　なにか問題でも」

「いつまでくっちゃべってるつもりぽん？」

「別にいつまでというものではないでしょう」

「そうそう、お話が盛り上がればそれだけ時間が必要になるものね」

「女の長話ってやつは本当に本当に度し難《がた》いぽん……」

次から次に話題を変えつつ、話題の一つ一つが興味深かったため話しこんでしまった。

今魔法の端末に表示されている時間が正しければ、話し始めてから二時間は経過している。

女の長話云々《うんぬん》とこき下ろされたが、クラムベリーは話すことが好きなタイプではない。身体を動かす方が好みだ。それがあれよあれよという間に付き合わされてしまった。クラムベリーの話したい方向に誘導され、しかも相手は知識が豊富ときている。

「じゃあ仕方ないですよね」

「なにが仕方ないぽん」

「そうそう、仕方ない仕方ないね」

「あんたはちょっと黙っててくれぽん。ほら、さっさと魔法の端末出して」

赤い光が明滅し、ファヴは手早くデータの転送を済ませた。

「クラムベリーは忙しいからバンド活動も音楽活動もできないぽん。そういうなんとか活動に付き合えそうな魔法少女について転送したからそこを訪ねるといいぽん」

「でもクラムベリー氏と一緒に音楽やるのがいいなって思うのね」

「うっせえぽん！　さっさと帰れっていってるぽん！」

やり合う二人を横目に、クラムベリーは顎先に指を当て、トットポップとともに歌ったり踊ったりする自分を想像してみた。意外と悪くない、と思えたことに驚いた。

◇◇◇

密談というものは自然と声が低くなるものだ。場所がS市郊外にあるボロアパート、話している者が反体制派のメンバーで、話している内容が資金集めのための銀行強盗などということになれば、声はより低く、より小さくなる。

「金を奪い、すぐに逃げる」

「シンプルでわかりやすいね」

「車は使う？」

「魔法少女なんだから走った方がいいでしょ」

私物で散らかった狭い部屋の中で小さな木製テーブルを囲み、魔法少女四人が額を突き合わせて相談をしている。本人達は「反体制派っぽいアウトローな感じ」を目指していたが、それぞれ魔法少女のコスチュームを身に着けていることもあり、どこかしらズレている。壁に立てかけられた角棒と重ねられたヘルメットが妙に浮いていた。

ただし全員ガスマスクを着用しているというその一事のみで「反体制派っぽいアウトローな感じ」は達成できていたといっていいだろう。話しにくく、聞き取りづらく、室内での密談に適した装備ではなかったが、反体制派はなにより雰囲気を重要視する。

「その銀行と『魔法の国』とのつながりは確かなものなんだよね？」

「それはもう当然。調べはきちんとついてるよ」

「ただの資金稼ぎでは終わらないってところがいいじゃない」

「それで具体的な手順なんだけど」

より深い部分の相談をしようという時に玄関のブザーが鳴った。全員が部屋の壁に据え付けられたモニターに目を移すと、そこには少女が立っていた。ギターを抱えたその姿は一見パンクロッカーかなにかのようでもある。

「……誰？」

「魔法少女、だよね」

「誰かの知り合い？」

「知らへんよ」

「ひょっとして『魔法の国』が捜査官でも寄越《よこ》した……とか？」

「いや、これは息の根を止めるための刺客《しかく》という可能性も」

全員黙りこくってモニターを眺めた。刺客か捜査官かと疑われていることなど露知《つゆし》らず、画面の中では少女が和《なご》やかな笑みを見せていた。

ガスマスクの少女達は顔を見合わせた。

「怪しい……」

「ヤバイね」

「とりあえず逃げておいた方がいいんじゃないの」

「それに賛成して――」

耳を塞ぎたくなるような衝撃音が二度響いた。一度目は乱暴にドアを開ける音で、二度目は乱暴な手段で開けたドアが壁にぶつかって跳ね返った音だ。

慌てて身構えながらドアの方を向くと、そこにはギターを掲《かか》げた少女が立っていた。

「ハーイ！　皆の友達トットポップちゃんでーす！　一緒にバンドやろう！　ね！」


（三十分後）


ベッドの上に立ったトットポップが天井に向かって拳を突き上げ、四人のガスマスク少女がそれに続いた。

「成功させるね！　銀行強盗！　魔法の国に革命を！」

「おおー！」

「やったるぞー！」

「ついていきますリーダー！」

「トットポップばんざーい！　レジスタンスに栄光あれー！」

魔王を討伐したいから

『魔法少女育成計画』のゲームが
始まるだいぶ前のお話です。

魔王パム調査班は、今まで誰も成し遂《と》げた者がいない「魔王退治」を成功させるべく結成された。ただしその真なる目的は、首謀者である電子妖精ファヴ以外知る者はいない。ファヴにはお気に入りの魔法少女「クラムベリー」を魔法少女試験の試験官に就《つ》かせるという大願があり、それを成就《じょうじゅ》するための「魔王退治」だった。

魔法少女試験の試験官は、通常ベテランの魔法少女が務める。才気に溢れるだけでは、新人が試験官を務めることはない。ファヴには新たな試験官を推薦をすることはできたが、新人を推薦したところでその意見が掬《すく》い上げられることはまず無いだろう。新人が試験官になるという横紙破りを果たすためには、相応の殊勲が必要になる。

その殊勲が「魔王退治」だ。退治といっても殺害や勝利が目的ではない。一撃入れればそれでいい。

魔王パムは強者として名高く、百や二百ではきかないとされる武功を誇り、その強さに惹かれて彼女の元に集った魔法少女達を指導鞭撻《べんたつ》し、さらなる高みへ導いていた。

その集団は通称「魔王塾」と呼ばれ、強さを求める魔法少女ならまずそこへ向かうべしとされている。私的な集《つど》いでありながら、ある種の独立した共同体と化し、上層部には「武力を一箇所に集めていいものか」と危険視する者もいたが、パムの所属している外交部門が「サークル活動なので問題無し！」と片付けていたため、それ以上口を挟まれることもなく、今日も彼女達は強さを追い求めて青春を謳歌《おうか》している。

魔王塾の卒業方法は二つある。

一つは塾長である魔王パムに認められること。

もう一つは魔王パムに一撃入れること。

このどちらかを果たせば晴れて卒業となり、魔王塾卒業生としての栄誉を胸に、引く手数多《あまた》の売り手市場に参入、専業魔法少女としてサラリーをもらう身分を獲得するのだ。

魔王塾が今の形をとるようになり、既に十人以上の卒業生が出ている。だが「魔王パムに一撃を入れる」という卒業条件を満たした魔法少女は一人もいない。卒業生は全員「パムに認められた者」だ。言い方を変えれば、魔王を打倒できなかった者……魔王パムという圧倒的な壁を前にし、諦念《ていねん》して首を垂れてきた生徒達だ。

ファヴは「クラムベリーならばひょっとして」と考えている。彼女の生存能力、身体能力、魔法、全てを駆使すれば魔王パムに一撃を入れて卒業することができるのではないか。

そのためにコネを使って魔王塾にクラムベリーを送りこんだ。真面目に励《はげ》み、魔王パムに認められるのを待って卒業してもらいたいわけでは勿論ない。ファヴは無駄に待つのも待たされるのも大嫌いだ。クラムベリーには可能な限り早く試験官になってもらいたい。試験官になってもらわねば目をかけた意味が無いのだ。試験官になってもらうためのバックアップは惜しまない。

そこで間諜《かんちょう》を潜《もぐ》りこませた。電子妖精タイプのマスコットキャラクターは、魔法による疑似《ぎじ》人格を与えられてはいても生命を持っているわけではない。呼吸もせず、鼓動も無く、体温も発汗も持たず、空気を揺らがせることとさえない。

　ファヴはマスター用の上級マスコットキャラクターであるため管理者用端末から動くことができない。だがそれだけに権限は多い。ＦＡシリーズを筆頭とした電子妖精タイプのマスコットキャラクターに対し、外から呼びかけて動かすことができる。ある者は握った弱みで脅《おど》し、ある者は以前着せた恩義を理由に、ある者は報酬を餌に、コネクションを総動員して魔王パムに師事する魔法少女達の魔法の端末に電子妖精を送りこんだ。

◇◇◇

　ファヴは魔法少女を神聖視しない。連中はどこまでも人間臭い。非人間的な自己犠牲の心を持っているように見えることがあったとしても、その実、内面では自分がいかに格好良く見えているか気にしていたりする。

　最強の戦士、生きる伝説、大量破壊が可能な魔法少女とおだてられ、祭り上げられた魔王パムであっても元はただの人間だ。汚職のようなストレートな秘密でなかったとしても、恥ずかしい趣味を持っていたり、特殊な性癖《せいへき》があったり、過去に卑怯な振る舞いをしたことがあったり、違法な収集物があったりするはずだ。万が一、叩いても埃《ほこり》が出ないようならこっそりと埃を仕込む。捜査対象の鞄に麻薬を投げ入れてから職務質問をする悪徳警官のやり口は見習うべきところだ。

今ここに、ファヴの領域である管理者用端末の中に、ファイルが一つ保存されている。調査班によって調べ上げられた魔王パムの全てが収められている、ということになっている動画ファイルだ。

ファヴは端末の奥深くに潜り、動画を再生させた。気の抜けるようなファンファーレとともに青空に朝日が射し、赤色の太いフォントで「魔王パムと愉快な仲間達」という文字が浮かび上がり、画面が暗転した。

——なにこれ？

ストーリー仕立てにでもなっているのだろうか。勿論そんな発注をした覚えは無いので、製作者側が自発的にサービスしてくれたということだろう。過剰なサービスを目指すあまり本来の目的を見失うマスコットキャラクターはわりと多い。

画面が切り替わり、ファヴは気を引き締めた。ここから先は塵《ちり》一つとして見逃せない。

画面に一人の魔法少女が映し出された。

極端に布地の薄いビキニタイプのコスチューム。四枚の羽を周囲に浮遊させ、頭には黒い角が二本生えている。魔王パムだ。アングルが下からなので表情がわからない。そもそも現状どういうことになっているのかよくわからない。以前から異常に扇情《せんじょう》的なコスチユームだとは思っていたが、このアングルだと一歩進むたびに胸が揺れ、見えてはならないものが見えそうになってしまう。「魔法の国」は品行方正を謳《うた》い文句にしながらこんな恰好の魔法少女を放置している。いいのかこんなことで、とファヴは人知れず憤《いきどお》った。

画面が動いた。フレームが揺れ、像がブレる。なにをやっているのかわからず、激しい音と動きで酔いそうになる。叫び声、それにぶつかり合う音。【日課となる朝のおさんぽ魔王タイム。平穏極まるこの時間に何者かが乱入した】という合成音声が聞こえた。何事かと思ったがどうやらナレーションだったらしい。

ナレーションは説明を続けた。

【研修期間満了を迎える前に魔王塾を卒業する方法は、魔王パムに一撃を与えること。その栄誉を勝ち得た卒業生は未だかつて存在しない】

襲撃者は魔王パムによって蹴られ、殴られ、散々にのされて倒された。地に伏せた魔法少女を引きずり起こし、さらにパンパンと頬を張る。泣きそうな顔の相手に「ここはこうすべきだった」「ここが甘い」とダメ出しをしている。まるで鬼か悪魔のようだ。

どうやらここは「魔法の国」の公園だったらしく、ローブを着た老人がベンチに腰掛け笑顔でこちらを見ていた。珍しくはないことなのだろう。魔王パムは「お騒がせしました」と老人に一礼し、泣きそうな顔の魔法少女の頭も下げさせた。

【ここからはより深く魔王の秘密を探っていこう】

場面が変わった。

【外交部門の提出書類は規定の形式に沿って作らなければならない。それは魔王パムであっても例外ではない】

魔王パムがノートパソコンに向かっている。どうやら今後の訓練計画について打ちこんでいるようだが、タイピングが覚束《おぼつか》ない。左右の人差し指を一本ずつ立てて、一文字一文字打ちこんでいるが、それでも時折失敗して「ああ！」「そっちじゃない！」なんてことを叫んだり、「これどうやって消すんだろう」「元のページに戻す方法は……」なんてことで止まったりと一向《いっこう》に進まない。

場面が変わった。

【魔法少女の改名はとかく面倒なものだ。だが魔王はそんなことを問題としない。魔王塾塾生として相応しい名前を与えることが重要だと考えているのだろう】

なにかの文書に目を落としている。どうやら名簿のようだ。魔法少女らしき名前がずらずらと並んでいた。

炎《ほのお》の湖《みずうみ》フレイム・フレイミィ、闇《やみ》の牙《きば》リミット、蒼龍《そうりゅう》パナース、花売り少女袋井《ふくろい》魔梨華《まりか》、双子星《ふたごぼし》キューティーアルタイル、ときて最後にクラムベリーの名があった。

魔王パムは、しばしの間、右手の鉛筆をくるくると回転させた。三十回転ほどでピタリと止め、クラムベリーの名前に「森の音楽家」と書き加え、満足げに頷《うなず》いた。

ファヴは慌てて魔法少女登録簿を検索した。そこには「クラムベリー」ではなく「森の音楽家クラムベリー」と記されている。変更された時間は数日前。魔王塾に入ってすぐだ。本当に変わっている。いったいなんの意味が。

場面が変わった。

【ある程度地位の高い魔法少女は部下との連絡を密にしておかなければならない。そのために必要とされるのが五年前に開発された「魔法の端末」だ】

会議室のような場所で、長机上の魔法の端末をじっと見下ろしていた。魔法の端末はけたたましいアラームを鳴らしている。魔王パムはそれを止めるでもなく、ただただ黙って見下ろし、「どうやれば止まるんだろう」と呟いた。

そもそもどうやってアラームが鳴るような事態に陥《おちい》ったのだろうか。

場面が変わった。

【「魔法の端末」は職務に応じたアプリケーションを導入することで高い汎用性を得られる素晴らしいアイテムだ。だが一部の魔法少女は未だその存在に馴染《なじ》めていない】

魔王パムは長机上の魔法の端末をじっと見下ろしている。魔法の端末の画面には拳の形がくっきりと刻まれ、見事なまでに粉砕《ふんさい》されていた。アラームはもう鳴っていない。もっとも、それ以外の機能も失われてしまっただろう。

場面が変わった。

【魔王塾の模擬戦は実戦さながらの形式を用いる。怪我人が出るのは当たり前という激しさだ。全ては「戦場でこそ強さが磨かれる」という魔王パムの哲学に基づく】

今度は訓練の場面だ。荒野の中にぽつんと残った廃屋《はいおく》を使い、攻撃側と防御側にチーム分けをして模擬戦をしているようだ。火球が飛び交い、ビームが飛び交い、魔法少女本人が飛び交っている。

かなり本格的な戦闘が繰り広げられ、魔王パムは少し離れた場所で腕を組んでそれを見ていたがどうも様子がおかしい。落ち着きがない。腕を組みかえたり、溜息を吐いたり、どこかそわそわとしている。落ち着き無い動きが頻繁《ひんぱん》になり、早さを増し、それが頂点に達した時、魔王パムは廃屋に向かって飛んだ。

「私も混ぜろ」と叫んでいたのは恐らく気のせいではないだろう。

場面が変わった。

【外交部門の提出書類はパソコン必須だが、他部門に直接提出するという形を取る始末書では手書きが許されている】

書類に向かっている。新しい魔法の端末を請求するため書き物をしているようだ。名前や所属、その他の項目は埋まっていたが、壊れた理由の項目でペンが止まっていた。馬鹿正直に書く必要もなかろうに、とファヴは思った。

結局手書きであっても困っていることに変わりはない。

場面が変わった。

【魔王は常に明確な説明を要求するが、常に明確な説明ができる魔法少女の数は多くない】

魔法の端末を片手にノートパソコンへ向かっている。どうやら新しい魔法の端末は無事に手元へ届いたらしい。

「急に変換されなくなった。いや、特になにもおかしなことはしていない。いつも通りに動かしていただけだ。きゃぷすろっく？　もっとわかりやすく話せ。専門用語を使われても理解できない。あ、それと新しい魔法の端末の設定も頼む。緊急時の着信音は以前と同じものにしておいてくれ」

電話相手の指示を受けているようだが、思ったようにいかないらしい。

場面が変わった。

【余暇を利用して読書を楽しむ時であったとしても、魔王は仕事を忘れない。その勤勉さは見習いたいものだ】

場所は私室だろうか。椅子に腰掛けて本を読んでいる。カメラは部屋の隅に聳《そび》え立つ大きな本棚を捉《とら》えた。人間世界の神話、伝承、物語といった本がずらりと並んでいる。次いで魔王パムが読んでいる本を捉える。聖書だ。オフの時間にも聖書を読むくらい信仰心が篤《あつ》い、というわけではないらしい。「これは使えるな」「読みは後で考えるか」等と呟き、時折メモを取っていた。

場面が変わった。

【魔王は常に明確な説明を要求するが、常に明確な説明ができるパソコンの数は多くない】

画面が真緑色一色に染まり全く動かないノートパソコンの前で頭を抱えていた。とうとう壊してしまったようだ。

場面が変わった。

【会議に参加することもある。魔法少女というだけで眉を顰《ひそ》める魔法使いも少なくない昨今、上役の受けは悪くないようだ】

会議をやっているらしく、偉そうな顔が並んでいる。議長らしき老人が長々となにかを話していて、いかにも退屈そうだった。参加者の中に魔王パムはいない。ではどういう場面なのかと思っていると、湯気の立つティーカップをお盆にのせて部屋の中を歩き、参加者に配って回っていた。訓練時とはまるで違うおっとりとした笑顔を浮かべ、なるほどこうした表情は魔法少女のそれだ。やがて会議は採決に入り、魔王パムはお盆を持ったまま賛成に挙手をした。なんで会議の参加者が給仕役までしているのか。

場面が変わった。

【ノートパソコンを失ったままでは仕事にならない。魔王は備品として新しいノートパソコンを手に入れるために実験施設へ赴《おもむ》いた】

壁や扉を問わず、そこかしこに「secret」のシールがべたべたと貼りつけられ、培養槽《ばいようそう》で得体《えたい》のしれない生物が蠢《うごめ》き、太いケーブルが幾本も伸びている。

この独特な雰囲気は忘れようもない。この実験施設で日々新製品の開発が行われている。電子妖精タイプのマスコットキャラクターが生み出されたのもここだ。

魔王パムは黒いドレスコートにカーキ色のマフラー、パナマ帽とサングラスという非常に胡散《うさん》臭い出で立《い》ちで、ずらりと並ぶ謎の術具を睨みつけていた。灰色の作業着に身を包んだ魔法少女がどこか誇らしげにそれらの説明をしている。始末書で正規品を手に入れることを諦め、知り合いに頼って実験施設の非正規品をわけてもらおうとしたらしい。だがより一層面倒なことになってはいないだろうか。

場面が変わった。

【首尾よく目当ての品を手に入れて魔王が帰還した。これで明日からの仕事も万全にこなすことができるだろう】

魔法陣の描かれたダンボール箱をバリバリと開封し、ボール紙のクズが舞い散っている。箱の中から現れたのはどう見ても電子レンジだった。

ノートパソコンの代替品を貰いにいったのではなかったのか。本人は電子レンジの説明書を不思議そうな顔で読んでいる。どれだけ理解しているのかは微妙なところだ。

動画を中断し、ファヴは魔法の端末から表に浮かび上がった。当然動画を見る前となにも変わってはいない。クラムベリーの部屋の中だ。

ベッドの上から左右を見回しても家具はない。コンクリ打ちっぱなしの部屋が寒々しく、それは実にクラムベリーらしかった。

動画の製作者には色々といいたいことがあったが、それはそれとして魔王パムの弱点を掴《つか》んだ。ここを突けばクラムベリーはきっと勝利する。

ファヴはクラムベリーと相談して策を練った。

「というわけでこんな作戦を考えたぽん」

「なるほど。いいんじゃないですかね」

「策をもって戦いに臨《のぞ》むなど惰弱《だじゃく》！……なんてことはいわないぽん？」

「漢字にルビを振った格好良い必殺技名を考えろという無茶なお達しがありまして。色々面倒臭くなりました。早急に解決できるなら私に否《いな》はありませんよ」

クラムベリーはクラムベリーで大変だったようだ。

◇◇◇

三日後。ファヴはベッドの上で新たな動画を視聴していた。

【魔王塾塾生は、何時であろうと魔王に挑戦することが許される】

青い空に白い雲が流れ、鳥が飛んでいる。地平線が見えるだだっ広い荒野で十数人の魔法少女が見る中、魔王パムとクラムベリーが五メートルの距離を置いて対峙《たいじ》していた。魔王パムは腰を低く落として両手を前に置き、クラムベリーはなんの衒《てら》いも無く無造作に立っている。

予備動作無しでクラムベリーが動いた。起こりを見せずに音波を発生させ、魔王パムが羽を壁にして受け止め、さらにスクリュー状に変形させて反撃へ移行し、回転していた刃をクラムベリーが右手で払いのけ叩き落した。ギャラリーがほうっと息を吐く。

音と羽が打ち合い、避け、叩き、クラムベリーが背中合わせから蹴りを入れる。目まぐるしく攻防が入れ替わり、攻めながら受ける。地面を蹴り、土が飛び、草の切れ端が舞った。カメラがギャラリーの表情を映すと、そこには緊張が漂っていた。

クラムベリーが動いてからここまで瞬《まばた》きするくらいの時間しか経過していない。魔王塾で鍛えるほどの魔法少女でさえ視認が難しい速度で打ち合っていたはずだ。戦闘シーンではさりげなく再生速度を落としてくれる製作者の思いやりに今は感謝する。

ここでナレーションが入る。

【無謀な新人が魔王に挑《いど》んだ、程度にしか思っていなかった練習生達も考えを改めざるをえなかった。森の音楽家クラムベリーの身体能力は既に新人の域を超えている】

触手と腕が交錯し、大気が引き裂かれた。黒い羽がへこみ、クラムベリーの額から血がしぶく。ギャラリーの一人、赤いワンピースドレスに身を包んだ少女が悲鳴を噛み殺す。

【それでもクラムベリーは倒れない】

魔王パムは両頬をじりじりと持ち上げて笑い、同時に魔王の背を守っていた三枚の羽が動いた。

【塾生達に動揺が走る。魔王パムが、入ったばかりの新人魔法少女を相手に全ての羽を使おうとしているのだ。こんなことは長い魔王塾の歴史にも無い】

クラムベリーが走り、魔王パムがそれに応じて羽を動かそうとした、まさにその時。魔法の端末から、神経を逆撫《さかな》でするような着信音が鳴った。緊急時のものだ。

魔王パムは動きを止め、クラムベリーに掌を向けて制止を促す。クラムベリーは残念そうに肩を竦《すく》め、構えを解いた。それを確認した魔王パムは、腰に提げた魔法の端末を手に取り――クラムベリーが動いた。一跳びで距離を詰めて拳を繰り出した。

戦闘意欲を失ったように見せかけての不意討ちだ。脱力から緊張への移行が恐ろしく素早い。並の魔法少女なら対応できるものではない。相手は並の魔法少女ではなかったが、それでも完璧に対応し切るというわけにはいかないだろう。

魔法の端末がガラン、と転がる。

魔王パムはクラムベリーの拳を掴んでいた。握った拳が魔王の顔面に到達する寸前で止められている。それと同時に、黒い羽から伸びていた鞭《むち》のような触手《しょくしゅ》が伸び、クラムベリーの腕に絡《から》みつこうとする。だがクラムベリーは避けようともせず――パン、と軽い音が鳴り、魔王パムが吹き飛んだ。クラムベリーは右手を上げて仰向《あおむ》けに倒れる。

【クラムベリーの魔法だ。空気のみが音を伝えるわけではない。物体もまた音を伝える。

拳を触れさせ破壊音波を発生させることで内側にまで衝撃を通したのだ】

ファヴは心の中で「おお」と叫んだ。クラムベリーが魔法で音を敵にぶつける場合、距離と威力は反比例する。遠ざかるほど相手に与えるダメージは弱くなり、近づくほどに強くなる。音は波であり、空気中を進む際にそれが減衰《げんすい》するからだ。

それでは、空気中を通さなければどうか？

相手に接触し、自分の肉体を介して直接音を送り込めば、その効果は絶大となり、さらに反応の機会と防御能力を奪う。相手との接触面がしっかり固定されている必要があり、そのうえ自分もダメージを受けるため軽々しく使える手ではないが、一度限りの隠し技として魔王に通用すればそれで十分だ。

周囲の魔法少女達は固唾《かたず》をのんで見守っている。魔王パムはネックスプリングでひょいと起き上がり、左手をさすった。指先にまで力が入っていない。爪が赤く染まり、先端から一滴二滴と血が垂れ落ちている。骨が折れるか、肉離れを起こすか、それくらいのダメージがある。むしろそれくらいのダメージでしかないことを忌々《いまいま》しく思うくらいだ。

さらに地面に落ちた魔法の端末を爪先で蹴り上げた。宙に跳ねて黒い羽にキャッチされた魔法の端末にはなにも表示されてはいない。

ここでナレーションが入った。

【世界が一つや二つは危機に陥《おちい》らなければ、魔王パムに緊急連絡が入ることはない。如《い》何《か》な魔王とはいえ、それだけの重大事が発生したとなれば心が平静ではいられない。クラムベリーは己の魔法によって緊急連絡の着信音を発生させ、魔王の隙を突いて接触を果たしたのだ。恐るべし森の音楽家クラムベリー】

魔王パムは右手を差し出そうとし、引っ込め、怪我を負った左手を差し出した。クラムベリーの右手は自らの音波によって甚大《じんだい》なダメージを受け、皮膚が破れて骨がはみ出ている。その痛々しさにファヴは「うぇぇ」と呻《うめ》いたが、魔王塾の魔法少女達は問題としていない。

二人の魔法少女はがっしりと握手をし、肩を抱き合った。

「ありがとうございました」

「卒業は認める。だがこれで終わりにしようと思うなよ、森の音楽家クラムベリー。次は遊びに来い。いつでも待ってる」

見守っていた魔法少女の一人が歓声をあげた。次々とそれに続き、クラムベリーに殺到し、クラムベリーはもみくちゃにされた。皆が魔王を倒した新人を讃《たた》え、訓練中はいかめしい顔を崩すことのない魔王パム本人でさえ笑みを浮かべている。

ストップモーションから完全に静止し、画面がモノトーンに色落ちした。ナレーションが続く。

【森の音楽家クラムベリーという新たな魔王候補を輩出《はいしゅつ》し、魔王塾は更なる隆盛《りゅうせい》を見せ

るだろう。魔の手はどこまでも伸びようとしている。そう、君のすぐ後ろにも】

ナレーションに反して妙に爽《さわ》やかなエンディングテーマが流れる。どうも動画制作の上で意思の疎通《そつう》が上手くいっていないような気がした。「fin」の三文字が画面右端に現れ、全てが暗転した。

これで魔王パム調査班は全ての仕事を終えた。物証は全て消去し記録を残さない。ＩＲＣでの打ち上げチャットを締めとして全ては無かったこととなる。

ファヴの思いは既に打ち上げチャットへと飛んでいる。ナレーションを入れたやつを吊し上げることからスタートしよう。そう決めていた。

◇◇◇

機械に弱い魔王パムは、魔法の端末一つにしても全力で相手をしなければならない。緊急を要するとなれば猶更だ。ファヴの立てた策は上手くいき、それによってクラムベリーは最速での魔王塾卒業を果たした。この大業によって森の音楽家の名は大いに売れた。新人ながら試験官に推薦されても不自然ではないほどに。

後日、ファヴはクラムベリーに質問をした。

「あのまま魔王塾にいようとは思わなかったぽん？」

「あそこも楽しい場所ではありましたが」

「まあ楽しそうではあったぽん」

「あなたと一緒の方がより楽しそうだったものですから」

「ほう……ひょっとしてプロポーズぽん？」

クラムベリーはゆっくりと首を横に振り、両肩の薔薇が左右に揺れた。コンクリ打ちっぱなしの狭い部屋、簡素なベッドが一台のみという殺風景な部屋の中に、不似合な薔薇の匂いが立ちこめた。

レインボーフレンドシップ

『魔法少女育成計画limited』の物語が
始まる少し前のお話です。

上段回し蹴りを避けることができなかった。

虹を出すことはできない。つまり虹で攻撃を防ぐことはできない。必死で腕を顔の横まで上げる。頭部を刈り取らんと放たれた一撃は、腕一本挟んだくらいで勢いを殺しきることができず、ガードもろともに跳ね飛ばされた。

背中でブロック塀《べい》を砕き、それでも止まらず、ゴロゴロとコンクリートの上を転がる。虹さえ出すことができればガードもできたし反撃もできた。無様《ぶざま》に転がることもなく虹で身体を支えることだってできた。当たり前のようにできていたことが、今はできない。虹で出ろ。走れ。何度念じても虹は出ない。真っ暗闇の中で自分の姿さえ見ることができない。それでも虹が出ればわかる。出ていないのも当然わかる。

空気の揺らぎと落下音を感じて腰を曲げ身を縮めた。

一瞬前まで頭があったところをなにかが通過し、コンクリートの路面に打ちつけられた。破片が飛び散って顔にぶつかる。打ちつけられたなにかに手を伸ばすが、するりと抜けられた。気配が闇に溶ける。音も聞こえない。

視線だけは感じる。相手が一方的にレイン・ポゥを見ている。

――もう一度来い。来れば今度こそ捕まえてやる。

わざともたついた動きで身体を起こした。ここぞとばかりに攻め立ててくれれば、動きは比較的読み取りやすくなる。そこを掴めばいい。視界ゼロでも掴み合いなら条件は五分《ごぶ》だ。

だがその思いも見透かされていたのか、敵は手を出してこなかった。慣れている。自分の魔法、その魔法を使っての戦い方を知っている。こういう相手が一番怖い。

暗闇使い。付近にある全ての光を奪う。その中では、魔法の虹も存在を許されない。虹が出せないということは、レイン・ポゥにとって武器と防具が同時に奪われたようなものだ。

逃げているわけがないのに気配がまるで感じられない。その場にいないとしか思えない。視界ゼロの真っ暗闇の中、頼りにできる感覚が一つもない。闇がじわじわと肌から染み入ってくるような気がする。立っているだけで体力を消耗する。

飛んできた。恐らくは石礫《いしつぶて》だ。これなら避けることができる。敵が暗中での戦闘に熟達しているとはいえ、石礫の音を消すことはできない。

避け、投げられた位置を割り出そうとした矢先、別の方向から再度石礫が投げ入れられた。それも避け、また一投、回避、次は二つの石が同時に飛び、それを回避――し損ねた。

石と石の間に糸が……感触から恐らくはワイヤーのような物が張られていた。獣を生け捕りにするための投擲《とうてき》武器と同じ作りだ。二の腕と胴体にぐるぐると絡まる糸に注意を奪われた次の瞬間、甲高い声が闇を裂いて響き渡った。

「来るよ！」

声の意味を考える前に足が動いた。糸で搦《から》めとり、その隙を突いて攻撃しようという敵の姿を想像する。トコから嫌というほど教えられた。魔法少女の武器は想像力だ。暗闇の中にいても想像は自由にできる。

姿勢、体格、タイミング、位置、この難敵ならばどこからどのような攻撃をするか。イメージがリアルと重なっていく。

利き足を踏みしめた。コンクリートを踏み割り、その下の地面に爪先《つまさき》を抉《えぐ》りこみ、全身全霊の力を込めて真後ろに蹴りを突き入れた。

鳩尾《みぞおち》から筋肉と内臓を通り、衝撃は脊椎《せきつい》にまで突き抜けた。足の裏から全ての感触が、想像に過《あやま》ちの無かったということが、伝わってくる。肉を打ち骨を折り内臓を破った。

敵は蹴り入れられた脚を掴もうとしたが、すでに力が残っていない。血反吐《ちへど》が喉の奥から溢れ、そのままずるりと崩れ落ち、コンクリートの上に倒れる音が聞こえ、レイン・ポゥは、ここでようやく脚を戻した。

視界を埋めていた魔法の闇が徐々に晴れていく。闇の中にいた時は奈落の底のようだったが、晴れてしまえば、どこにでもある平凡な夜の住宅街だ。マンション前の小さな公園は、不審者を嫌ってか、鬱陶しいくらいにギラギラと街灯で照らされている。

力ずくで糸をぶち切る。両端の石が跳ね、転がり、縁石に当たって止まった。

血溜まりの中で突っ伏している女の身体に爪先をかけ、ひっくり返した。変身はすでに解除されている。学校の制服。スカート丈が短い。明るい色の髪が乱れている。制服なのに化粧をしていた。所謂《いわゆる》ギャル系というやつだろうか。

ターゲットで間違いない。首に足を乗せ、踏み折った。

「危なかったね」

街灯の上から螺旋《らせん》を描いて小さな生き物が降りてきた。可愛らしい少女を掌に乗るサイズまで縮め、半透明な虫の羽を背中につけたという姿は物語に登場する妖精にそっくりで、白い絹《きぬ》のワンピースや仄《ほの》明るく光る身体が強く「妖精ですよ！」と主張している。

「あたしが声かけなかったらやられちゃってたんじゃない？」

「外からだと闇の中が見えてたの？」

「ううん。魔法の端末の新機能使ったんだ。近くにいる『魔法の才能を持つ者』をサーチしてくれるってやつね。本来はレーダーやソナーみたいな使い方するわけじゃないんだけど、そこはほら応用術ってことよ」

「ああ、そう……ていうかさ。ターゲットが使う魔法が偶然相性最悪でしたで済ませられるもんなの？　人間でいる時に襲撃しようとしたら魔法少女に変身してましたーなんてのをバッドタイミングで終わらせていいわけ？」

「正直、終わらせちゃいけないと思うね」

「その正直さに乾杯。ひょっとしてこれ罠《わな》だったりしたんじゃないの？」

「罠だったらもっと罠らしく人数増やすなりするとは思うけど……」

妖精は一瞬表情を失くし、すぐ元の笑顔を作って空中で一回転した。

「その辺はもうちょっと深く調べてみた方がいいかもだね。出資者さんに聞いておくよ」

◇◇◇

この世界に入りたての頃は、魔法少女というのは馬鹿ばかりだと思っていた。

だが世の中には予想外に利口な魔法少女が多かった。贈収賄《ぞうしゅうわい》、情報漏洩《ろうえい》、横流し、その他様々な悪事に手を染めて小銭を稼ぐ悪徳魔法少女は数多く、レイン・ポゥはそういった連中を殺す仕事を請け負ってきた。

もっともレイン・ポゥは正義の代行者ではない。「魔法の国」のある部門の利益を守るために人を殺して報酬を得ている悪党の中の悪党だ。レイン・ポゥが殺す相手はほとんどが別の種類の悪人だったが、知らなくていいことを知ってしまったというだけの一般人や、正義感が強く融通《ゆうずう》の利《き》かない朴念仁《ぼくねんじん》などもそれなりに含まれていた。

その日、トコから新しい提案があった。

「この仕事、今は上手くいってるけどいつまでも上手くいくとも限らない……ってことがこの前のあれでよくわかったよね。保険はかけておいた方がいい」

「保険？　具体的にはどういうの？」

「身近にサポートしてくれる魔法少女仲間を何人か作っておくの。チーム組んで活動する魔法少女とか定番じゃん？　もちろんこっちの真の仕事は秘密にしておいてさ。素人を巻き込んでも危険が増すだけだし。いざというときに盾《たて》にしたり捨石にしたりできる仲間を用意しておいて、こっちはとっとと逃げるってワケ」

「わっるいこと考えんねえ、おい。その仲間ってのはトコが探してくるの？」

「探してくるけどレイン・ポゥにも協力してもらうからね」

「面倒臭いなあ」

両腕を広げてベッドの上に転がった。殺したり殺されかけたりで疲労困憊《こんぱい》しているというのに、帰ってきても気の休まることがない。

香織《かおり》は魔法少女に安息を求めているわけではないが、絶えることなく緊張感でスリリングに生きていきたいとも思わない。楽しく稼ぎ、楽しく遊び、享楽《きょうらく》的に生きる。享楽的に生きるために努力をする。このボロいアパートで見たくもない姉の顔を見ながら生きていくのは中学生までだ。高校生になったらここを出てトコと二人暮らし、より楽しく生きていく。顔を見たくないのはお互い様で、姉もきっと喜ぶだろう。

せっかく魔法少女になり、それまでのクソみたいな生活から脱出できたのだ。悪事が露見したら、「魔法の国」に捕まってしまったら、新しい人生を失ってしまう。それだけは絶対に嫌だ。元の生活になど戻りたくはない。トコの提案はもっともだ。

学校の仲間を捨石になんてできない！　と止めるような感性は持ち合わせていない。初めて人を殺した時は少しくらい震えたりしたかもしれないけどよく覚えてないやというハードボイルド気取りの魔法少女がいるだけだ。自分のために誰かを犠牲にするというのはトコ哲学の基本であり、香織もそれは正しいと考えている。

ベッドに寝転がったままで枕元のトコに尋《たず》ねた。

「私になにをしてほしいん？」

「なに、そこまで面倒なことじゃないよ」

トコは指を一本ずつ折って数えていった。

「素質があると見たのは学校内に五人いた。こっちが声をかけた時にどれだけ乗ってくるかが問題だけど、馬鹿は馬鹿だから喜んで手伝ってくれるだろうし、馬鹿に引っ張られてる阿呆《あほう》はどうせ引きずられる。利己主義者にとって魔法少女はお得だろうから大丈夫。先生は生徒を盾にしてお願いすれば問題ナッシング。で、最後の一人よ」

「最後の一人がなによ」

「魔法少女しようぜ！　って笑顔で誘っても逃げちまいそうなやつなのよ」

「そういうタイプってそもそも素質無かったりするんじゃないの？」

「大抵はそうなんだけどね。何事にも例外はあるってことさ」

トコは足を正して正座の体勢を取り、香織に向かって手を合わせた。

「というわけで緊急ミッション！　その子と友達になってきて！」

「はあ？」

◇◇◇

香織を魔法少女「レイン・ポゥ」にしてくれたトコは、同時に様々なことを教えてくれた。戦い方も生き方も、外国語やテーブルマナーに至るまで、種々雑多でいつ必要になるのかもわからないことまで全てを叩きこんでくれた。

だが「誰かと友達になる方法」はそこに無かった。

「わたしってさー。友達が必要だったことってないんだよね」

「トコってぼっちなの？」

「孤高なのよ、孤高の妖精。つるむ相手が必要ないの」

「でも同窓会には呼ばれなかったんだよね？」

「『良さそうな魔法少女候補を見つけたら絶対トコに見せるな』とか『トコが美味しそうな話持ってきても聞いちゃダメ』とか『トコは半径五メートル以内に近寄るな』とか、そういう誹謗《ひぼう》中傷《ちゅうしょう》を受け続けてもくじけることなく頑張り続けたのがトコさんよ」

その流れでなぜドヤ顔になるのかよくわからない。寂しい一人ぼっちなのではなく、孤高の嫌われ者であるといいたいのだろうか。

「というわけでレイン・ポゥは頑張って友達になってね。わたしはその間に他の子を見ておくから」

「頑張ってっていわれてもなあ」

習いはしなかったが、友達を作ることができないわけではない。各種成績を調整し、クラス内での立ち位置を整え、羨ましがられず、妬《ねた》まれず、馬鹿にされず、笑われず、それでいて空気にならず、自分も相手も不快にならないポジションにつく。人間関係についてなら師匠であるトコよりも上手くやってのけるという自信はあった。

「ええっと、名前は酒己達子《さかきたつこ》……だっけ。一年生なんだよね？　どこのクラスの子？」

トコがおかしなものを見るような顔で香織を見返した。

「レイン・ポゥと同じクラスだから頼んだんだけど……」

「え？　マジで？」

マジだった。

クラスの名簿を見るとしっかり「酒己達子」と名前がある。引きこもりの登校拒否というわけでもない。きちんと授業を受けているし、行事にも参加している。

香織はクラス内で快適に過ごすための努力を惜しまなかった。クラス内の人間関係をきちんと把握し、誰が誰に対してどんな感情を抱いているのか知った上で友人を作った。だからクラス内の人間は男子女子ともに名前を知らない者がいないわけがない……はずだった。

授業中、休み時間、達子は常に一人でいる。中学校で友人という存在は生活のための滑油となる。一人でいれば周囲から浮き上がり、そこから疎《うと》まれたり嫌われたり馬鹿にされたりし、いじめに発展していくということが少なくない。

達子は一人でいる。だがけして浮いていない。トコのように嫌われ者だろうと、孤高を気取っていようと、純粋にコミュニケーションスキルが劣っていようと、一人でいれば目立つ。浮く。自分の位置取りを気にしている香織が気づかないわけがない。

なのに気づかせなかった。浮く浮かない以前に気配を殺している。

見た目パッとしない。髪は梳《す》き方が足りず、まとめているゴムも地味過ぎる。身体も平《へい》坦《たん》だ。表情に笑顔が欠けているせいで中学生女子らしい華《はな》が無い。

学業は特に秀でているものがなく、かといって劣っているものもない。体育や音楽といった授業でも先導せず、かといって落ちこぼれたりもせず、集団中央をキープしている。

香織のように、あえて自分の実力を秘匿《ひとく》し埋没《まいぼつ》しようとしているのだろうか。同じクラスの人間が名前にすら気づかなかったというのは尋常《じんじょう》なものではない。

授業中、休み時間、気がつけば達子の動きを目で追っていた。あまりじろじろ見ても不自然になるが、なるだけ自然に目を向けようとするとすぐに視界内からいなくなってしまう。いちいち面倒な相手だ。

トイレは一人で行く。弁当は一人で食べる。移動の時間も一人。休み時間は図書館で本を読んでいることが多いようだ。常に一人でいて、皆がそのことを不審に思っていない。部活動もやらず、授業と清掃が終われば真っ直ぐ家に帰る。誰か仲の良い者はいないだろうかと見渡してみても本当に一人たりとも存在しない。

仲が良い、とまでいかなくとも、比較的接する時間が長いのは席が隣の生徒だろうか。そう考え、それとなく達子の印象を聞いてみても暖簾《のれん》に腕押しで「ああ、まあ普通じゃないかな」くらいしか返ってこない。「あれは普通じゃないだろ」と心の中で毒づきつつ、得る物はなにもなかった。体育の時間に名簿順で柔軟体操のパートナーになっている生徒は「普通だよね」だった。日直で一緒に組んでいる生徒は「ああ、普通の子だよな」だ。

やはり普通ではない。誰一人として達子という個人を認識していないように見える。

学校から帰って即トコにぶつけた。

「なんなのあの子？　結界でも張ってるの？」

「いや魔法的なもんじゃないのよ。それだったらちゃんとわかるし」

「じゃあああれはなんなの。素なの？」

「素なんじゃないかな……魔法少女になるような子ってかなりおかしい子が多いし」

「それは私の事やんわりとディスってたりする？」

「ディスってねーし。リスペクトマジぱねーし」

トコが見つけてきた魔法少女候補達。

芝原海《しばはらうみ》。この人はおかしい。間違いなくおかしい。グラウンドで走ったり蹴ったり殴ったりしているところを見たことがあったが、あれは人間ではなく別の生物だった。

根村佳代《ねむらかよ》。芝原海と付き合える時点でおかしい。

姫野希《ひめののぞみ》。入学式の時、なんで生徒が教師側にいるのかわからなかった。後々それが先生だったことを知って驚いた。変身前から魔法少女気取りか。おかしい。

結屋美祢《むすびやみね》。この人だけはよく知らない。トコの調べによれば小学校から延々と学級委員長をやっているらしいので、たぶんおかしい人なんだろう。

そして酒己達子。誰よりも学校生活を気にかけていたはずの香織が存在を認識していなかったというのがおかしい。「ずっと一人でいる人」として目立つはずなのに、達子に限ってはそれも無かった。香織の目がよほど節穴とでもいうのだろうか。そんなはずはない。

ベッドの上で煩悶《はんもん》する香織に対し、トコは肩を竦めてみせた。仕草がいちいち腹立たしい。だから友達もいなかったのだろう。

「別に相手がどんな奇人でもいいからさ。とりあえず友達になってよ」

「とりあえずで友達になれる相手とも思えないんだけど」

「あ、こっちはこっちで忙しいからあんまり協力できないけどごめんね」

「おいこらクソ妖精」

トコはきっと本当に忙しかったのだろう。目の下の隈《くま》が濃く、表情も冴えない。だが、それにしてももう少し協力してほしかった。達子の家に忍び込んで盗聴器を仕掛けてくるとか隠しカメラを仕掛けてくるとか妖精しかできないこともあったのに。

香織は仕方なく、このミッションに一人で当たる決意を固めた。達子はどこまでも隙を見せない。お一人様の悲壮感も無く、それどころか一人なのに孤独感すら無く、憚《はばか》ることとも困ることもなく生活していていっそ憎らしくなる。

◇◇◇

どこかに隙は無いか。仕掛けるに足る隙らしい隙は無いのか。相手は魔法少女ではない。魔法の才能を持っているとはいえ、ただの中学生だ。そんな相手に戸惑っていてどうする。

わかってはいるのに接点を作るということが難しい。話しかけようとしても絶妙のタイミングで呼吸を外される。泰然自若としていながら付け入る隙を見せない。捕まえようとしてもすっとかわされる、そんな気がする。

香織は観察を続けた。

観察を重ねたことで一つわかった。酒己達子は卵焼きが好きだ。淡々と弁当を食べる達子だったが、卵焼きは常に後に回す。人間は「後に回す物が好物派」と「後に回す物は嫌い派」の二派に分かれるが、達子は恐らく前者と見た。二度ほど「卵焼きを箸《はし》でつつく」という無駄な動作をし、ほんの僅かではあったが口の筋肉が動いた。あれは顔をほころばせたのではなかったか。好物を食べられる喜びを誰にも知られることなくひっそりと表現したのだ。

卵焼きが好き。昼食時に好物で釣れれば、きっかけになるかもしれない。

香織は明日の弁当のために卵焼きを作ることにした。料理は家庭科の時間に作ったくらいの経験しか無いが、検索し、お料理系のサイトからこれぞというものを見つけてメモを取った。

まずは出汁《だし》を作る。昆布を一晩水につけ、その後煮干しを三十分浸した鍋を火にかけ、沸騰《ふっとう》する前に昆布を取り出し鰹節《かつおぶし》を投下。これだけの手間と時間をかけて出汁を作らなければ美味しい卵焼きにはならないのだそうだ。

「たかが卵焼きが、なんでこんなに面倒なんだか」

そして出汁と卵の配分が問題だ。出汁は多ければ多いほど旨味が増す。だが多ければ多いほど卵が崩れて卵焼きになってくれない。最善の割合で最高の卵焼きができる。

はずなのに、なぜか食感は砂に近く味は粘土に似ているという工業製品ができあがり、味見した際にトコには罵声を浴びせられ、香織は口の中を火傷《やけど》した。

◇◇◇

卵焼きは置いておく。次に立てた作戦は傘だ。

雨の日に傘をさして登校したものの、その傘が帰りには無い、なんてことになっていたらどうだろうか。空はまだ雨模様で傘が無ければ困ってしまう、なのにどこかの誰かが持っていってしまったようで、弱っているところへクラスメイトがやってきて「どうしたの酒己さん。え？　傘を盗まれた？　それは大変、私の傘に入って一緒に帰りましょう」とくれば、鉄のハートも溶けるというものではないか。

幸いにして季節は梅雨時だ。作戦の立案後二日で空はぐずつき始め、登校風景では色とりどりの傘が並び、鬱陶しい雨を嘆き合う生徒達の中で香織は一人ほくそ笑んでいた。

登校時間を達子に合わせ、さらに玄関前でだらだらと時間をかけて靴紐を結び直したり雨露を払ったりして時間を調整し、達子が来るのを確認してから教室に向かった。達子の傘、傘立てのどこにさしたかをしっかりと確認した。これで準備は万端だ。

授業中、気分が悪いと手を上げて心配されながら教室を後にし、誰にも見られていないことをしっかりと確かめた上でレイン・ポゥに変身、玄関に走って達子の傘を下駄箱の隙間に押しこみ、次は保健室前に走って変身を解除、その後は三十分間保健室のベッドで横になっていた。

作戦の成功を確信しながら放課後を迎え、そそくさと帰り支度をして教室を出る達子の後ろをこっそりとつけていく。達子が困った顔を見せた時、香織が手を差し伸べる。そのシミュレーションは保健室のベッドで何度となく行った。完璧に上手くいくはずだ。なぜか仕事に臨むときと同じくらい、もしかしたらそれ以上にドキドキしている。

達子は下駄箱で靴を履き替え、傘立てに向かい、一度見、二度見、三度見直して自分の傘がそこに無いことを確認した。よしここだ、と香織が手を差し伸べる直前、達子は雨の降る中を歩き始めた。

人に頼るくらいなら濡れ鼠《ねずみ》の方がマシだと判断したのか。いや、そうではない。達子の後を追った香織は瞠目《どうもく》した。

足取りは軽快とはいいがたく、動きはどちらかといえば鈍《にぶ》い。だが目的がはっきりとしている。動きに迷いが無く、体捌《たいさば》きが熟達していた。傘を差す生徒達の中をするすると抜けていき、一人雨に濡れているという異常さを目立たせない。校門を抜けてすぐに民家の軒先へ到達し、軒下から軒下へと辿っていく。ルートが確保できている。できる限りの努力で濡れない位置を歩き続けている。上手い。尾行しながら唸《うな》らされた。

酒己達子は香織が思っていたよりも強かった。

◇◇◇

体育館が空いているようだからホームルームの時間を使ってドッジボールをしよう。担任がそう提案し、教室内には喜びと歓声が満ちた。生徒同士がハイタッチを決めたりハグしたりと大袈裟《おおげさ》に嬉しさを表現している。

香織は見逃さなかった。周囲に合わせて拍手をしてはいるものの、達子の表情に若干の影が差した。達子の観察を続けていた香織でなければ確実に見逃していただろう。

どうやら達子はドッジボールがお気に召さないようだ。確かにドッジボールという攻撃性を全開にする競技は達子のキャラクターに適していないかもしれなかった。

香織は周囲の生徒達とは別の意味でガッツポーズを決めた。これはチャンスだ。

達子が苦手とする競技でフォローする……たとえば達子に向けて投げられたボールを止めたり、達子にパスを投げて敵に当てさせたりすれば、好感度も増してゲーム終了後に「楽しかったね」とか「やったね」とか讃え合ったりできるのではないだろうか。それはもはや友達同士と呼んでも差し支えないだろう。

幸いにして二人が別のチームになることもなく、達子と香織が一つのグループに入ったままクラスが二つに分けられた。

普段は爪を隠しているが、本来の香織は運動がかなり得意だ。達子がどれだけどん臭かろうとフォローしてやることはできるはずだ。

だがその機会は中々訪れなかった。ボールが飛び交い、当てられた者が照れ笑いを浮かべながら外野に向かい、しかしフォローしてやりたい相手はボールを避け続けている。達子には当てる気が無く、ボールを受ける気も無く、回避というよりポジション取りに専念して「当たらない位置」に移動し続けている。

――まあいつまでも続くもんじゃないさ。

クラス全員が参加する大人数ドッジボールのため、外野から内野に戻るというルールは無い。つまり内野が減れば減りっ放しだ。人数が減り続ければ、避けているだけの人間がいつまでも残っていられるわけがない。いい感じに押しつ押されつのシーソーゲームだ。達子にも遠からず危機が訪れるだろう。その危機を颯爽《さっそう》と救うのが香織だ。

と、妄想に耽《ふけ》っていたところ、一瞬足がもつれた。背後に回ったボールへの反応が僅かに遅れ、あわやというところで伏せて回避し、周囲の喝采《かっさい》を浴びつつ「どーもどーも」と起き上がると、達子が内野から消えていた。外野でやる気なさげに立っている。

香織は混乱した。なぜ達子が外野にいる。伏せる前まで一緒に内野にいたし、今のボールに当たったりもしていないはずだ。香織のチームで内野にいる者はもはや残り少なく、

敵チームは嵩《かさ》にかかって攻めてくる。

敵の猛攻を回避しつつ、状況を反芻《はんすう》してみた。どう考えても、香織がクラス中の注目を集めた隙に、そっと外野に出たに違いない。

彼女にとっての内野は「目立ち」「運動を強制され」「当たれば痛い」という苦痛の園で、なるべく早くいなくなりたかった。本来、外野に出るためには痛い目という対価を払うしかなかったが、香織のおかげで達子は無料で外野という安住の地を獲得した。確かに、達子を助けることにはなったが、こんな助け方は想定してなかった。

香織はもはやこのドッジボールに意義を見いだせないまま回避を続け、チャイムが鳴るまで内野に居続けた。虚《むな》しかった。

◇◇◇◇◇◇◇◇

達子への監視を強めた。不自然さを出さないように見る、といった甘さは捨てる。少しくらいの不自然なら問題は無い。

達子は気負う事なく自然に振る舞っている、ように見える。だがこれだけの時間達子を観察し「それは違うのではないか」と考えた。達子は自然に振る舞っているのではなく、注意力と観察力によって「一人が不自然ではない」位置にいるのだ。

目の配り方、視線の動きがカタギのそれではない。自分の身にトラブルが振りかからないよう細心の注意の上で行動している。似たようなことは香織もしていたが、果たしてここまで自分を殺すことができていたかどうか。

侮《あなど》るな。そして恐れるな。だが今の自分は恐れようとしている。得体の知れない相手に気圧《けお》され飲みこまれようとしている。

このままではダメだ。方向性を変えなければ。

香織はやり方を変えることにした。とにかく正攻法で押す。十分休憩の時間、達子はブックカバーに覆われた本を取り出した。座席は窓側後ろ。中を覗くのは難易度が高い。だが、力押しでいくならばいける。

友達と楽しく話しながら、近くにあった椅子の背もたれをトン、と押して自分は引く。椅子は物理法則に従って倒れ、大きな音を立てる。クラスにいる生徒達の視線が椅子に集まる。この瞬間だ。

香織は大袈裟に驚くふりをして素早く後ろに三歩下がった。ここでちょうど達子の背後をとる。視線のみを走らせて本の内容を確認、すぐ元の位置に戻った。

「ごめんごめん」と椅子を起こしながら内心ほくそ笑んだ。あの漫画なら香織も知っている。ゲームが原作でそこそこ人気のある少年漫画……確か姉が持っていたはずだ。

家に帰ってから確認してみると、確かに姉の本棚にあった。内容くらいは知っておいた方がいいだろう、と本棚から漫画を抜き取り読み始めた。全部で三冊しかないのですぐに読み終わる。もう一度読み返す。続きが気になるが、ここには三巻までしかなかった。

検索し、三巻までしか出ていないことを確認した。四巻は一か月後に刊行予定となっている。ついでに、と感想を見て回る。ここが面白い、このキャラクターが好きだという感想の中に一つ気になるものがあった。黒幕は主人公の幼馴染《おさななじみ》ではないのかというものだ。一巻の序盤から登場している。挙動におかしなところもない。だが投稿者は漫符《まんぷ》の有無について熱く語っている。敵が急襲した場面で全員が漫符の汗をかいていたのに、幼馴染一人だけは特にそれがなかったのだ、と。

読み直してみると確かに一人だけ汗をかいていない。これが伏線《ふくせん》なのだろうか。気になる。誰かと話したい。だが香織の友人でこの漫画を読んでいる者はいないはずだ。話すとしたら、そう、達子。これはより一層急を要する事態になったのかもしれない。

それからも事あるごとに、事がなければ自分で起こして達子を観察した。達子に関する脳内データベースに情報が蓄積していく。

――これなら、いける……かも！

家に帰ってからも脳内の達子データベースと達子ライブラリーと達子フォトアルバムで完璧にシミュレートし、明日こそは決意を新たにし、床につく。

そんな日々が続いた。

◇◇◇

トコがレイン・ポゥに話したことに嘘は無かった。マスコットキャラクターになってからここまで一生懸命働いていたことはたぶん無い。酒己達子以外の魔法少女候補を見て回り、これならいけそうだという手応えを感じた。

後はレイン・ポゥが酒己達子と友達になってくれればそれでいい。

「ふぅ」

枕の上に横になった。疲れた。魔法少女とは違い、マスコットキャラクターには睡眠が必要だ。ようやく安眠できる……そう思ってうとうとし始めた時、勢い良く部屋のドアが開いた音で目が覚めた。バタバタと走る足音が続き、目を開けるとそこには目に涙を浮かべた香織の顔がある。

「ちょっとトコ！　聞いてよ！　ひどいんだよあいつ！　何度も話しかけてるのに聞こえないふりしてさ！　何様のつもりなんだっつーの！　こっちの真心を弄《もてあそ》んで！」

香織は延々と怒鳴り続け、トコは「これは当分眠ることができないな」という諦念《ていねん》を込めて肩を竦めた。

「しょうがないなあ……こっちはとりあえず片付きそうだからさ。後はわたしに任せてよ。トコさんの話術にかかればＪＣの一人や二人……」

「それはやだ！」

「やだってなんでさ」

「最後まで私が一人でやりたいんだよ！　わかれよそれくらい！」

わかんねーよという言葉を飲みこみ、溜息を吐いた。魔法少女はいつだって我儘《わがまま》だ。

「とりあえず卵焼きの作り方教えて」

「作り方教えてって……それじゃ一人じゃねーじゃん」

「もうすぐ遠足あるからそこで滅茶苦茶うめえ卵焼きやって虜《とりこ》にする」

「なんか発想の段階でおかしくない？」

「いいから！　教えて！　遠足にこそチャンスがあるから！　次のイベントこそはもっと仲良くなってやる！」

三角形の彼方

『魔法少女育成計画JOKERS』の
物語の途中に起きていたお話です。

「ちょっと相談したいことあるんだけど、いい？」

プリンセス・クェイクは読んでいた週刊少年漫画誌から目を離し、声の方へ顔を向けた。プリンセス・テンペストが真剣な面持ちでこちらを見ている。

悪の侵略者である異次元存在「ディスラプター」から世界を守るために活動している魔法少女戦隊「ピュアエレメンツ」だが、四六時中研究所で待機しているわけではない。二人しか詰めていないこともあれば、一人しかいないことだってあるし、誰もいないこともざらにある。今はリーダーであるプリンセス・クェイクと最年少構成員プリンセス・テンペストの二人だけがブリーフィングルームで待機していた。中学生であるプリンセス・デリュージとプリズムチェリー、高校生のプリンセス・インフェルノに比べて小学生のテンペストは終業時間が早く、大学生のクェイクは時間の使い方に融通が利く。

「相談したいことって、私に？」

「うん」

プリンセス・クェイク——茶藤《さとう》千子《ちこ》は大学生だ。最年長という理由からリーダーを押しつけられているし、小学生であるテンペストから見れば適当な相談相手に見えたのだろう。不当に高い評価を受けているという心苦しさを感じながらもクェイクは頷いた。あなたは相談する相手を間違えている、しっかり者のデリュージや明るいインフェルノの方がよっぽど相談するに相応しい相手だ、たぶんピュアエレメンツの中で一番の社会不適合者が私だ、道を歩けばついつい子供に目をやってしまう準不審者だ、とはいえない。子供に頼りにされた時、応じてあげたくなってしまうのはクェイクの性《さが》で、そこにちっぽけなプライドも関わってくると頼り甲斐《がい》がある大人のふりをせざるをえなかった。

さも余裕がありそうな笑みを顔に浮かべ、テーブルに両の肘をつき手の甲に顎をのせた。余裕のありそうな大人のポーズに見えてくれることを祈り、促した。

「なにか問題でもあるの？　それとも心配事？」

「恋愛相談なんだけど」

「ませてるなあ」なんて茶化すことができる空気ではない。テンペストの声は、表情は、雰囲気は、訓練中にも見せたことがないほどシリアスだ。「小学生で恋愛なんて十年早いよ」といえればどれだけ楽だろう。だが、しかし、テンペストの真っ直ぐな目を見たままそんな言葉を口に出せるなら、クェイクはもうクェイクではない。

クェイクは漫画雑誌をテーブルの上に置いた。テーブルの向こう側にいるテンペストがいつもより遠くにいるかのような錯覚を受ける。心理的な距離感だろうか。心と心の間に深い溝があるのは間違いない。白一色のブリーフィングルームが普段以上に寒々しい。

「恋愛相談」

「そう、恋愛相談。三角関係なんだよ」

三角関係。いきなり応用問題がやってきた。

茶藤千子が生まれてから二十年弱。成人までもう少しというくらいには長い。そんな人生の中で、恋愛沙汰には全くといっていいほど興味を持たなかった。そして恋愛に関係する立場へ追いやられたことも一度として無かった。周囲では誰それがくっついただの別れただのやっていたようだが、全ては千子の立っている世界と別の場所で起きた出来事だった。世の中には恋愛至上主義者という人がいて「好きな人がいない」とか「恋愛には興味がない」なんてことをいうと鼻で笑われて「強がらなくてもいいのに」と上から目線で返され、徒に不愉快な気持ちにさせられたりもしたが、実害があったのはそれくらいだ。千子の数少ない友人達も千子自身も異性との交流は事務連絡レベルしかなかった。

別に誰かと付き合いたいと思ったことはない。幼い子供達が幼稚園の敷地内で騒ぐのを横目で見て心を和《なご》ませることがあっても、彼ら彼女らとお付き合いがしたいと願っているわけではない。子供達に難が迫っているならできる限り救いの手を差し伸べ、見返りとしてその愛らしさを遠くから見守ることで楽しませてもらう。互恵の関係だ。相手を自分の所有物のように扱うことをお互いに宣言する「男女のお付き合い」とは別物だ。

そんな千子に対し、恋愛の応用編ともいうべき三角関係を相談したいという。恋愛経験豊富な大人の女性はブリーフィングルームで少年漫画を読み耽《ふけ》っていないものなんだよ、と教えてやれるものなら教えてやりたい。だが、尊敬と期待で目をキラキラと輝かせたテンペストを前に、そんなことをいえるだろうか。美しい瞳の輝きを失望で曇らせてはいけない。プリンセス・クェイクは腹を決めた。自分は恋愛の達人だ。今からそういうことになった。テンペストの悩みも見事に解決してみせる。それこそがリーダーのあるべき姿だ。

「三角関係ね。難しいよね。うん。まあとりあえずは話してみなよ」

「去年の夏に引っ越してきた翔《しょう》君って子がいてね」

途中まで話しかけ、テンペストは素早い動作で振り返った。機械音とともに隔壁《かくへき》が上にスライドしている。誰かがこのブリーフィングルームに入ろうとしている。二十センチほど上がったところでブーツが見えた。黒地に赤。あれはプリンセス・インフェルノだ。

テンペストはテーブルの上を這い、クェイクにぐっと顔を寄せた。

「ごめん、インフェルノがいると話せない。また今度頼むね」

テンペストの香《かぐわ》しい吐息、体温まで感じ取れそうなほど近くにある愛らしい顔、最後に小声で伝えられたメッセージを反芻し、幸福感で頬を緩めていたクェイクは眉間に小さく皺を寄せた。インフェルノがいると話せない。確かにそういっていた。

察しの悪いクェイクにも感じるものがある。三角関係について相談をしたいといっていた、その三角の一端を担っているのは、ひょっとしてインフェルノなのではないか？

テンペストは席に戻り、何事も無かったかのようにインフェルノを出迎えた。

「いらっしゃーい」

「ちーっす、どもどもー」

「インフェルノ、今日は早いんだね」

「途中で変身して走ってきたかんね」

テンペストはいつものように話しかけ、インフェルノもいつもと同じく受け答えしている。クェイクから見て、二人とも特におかしな点は見当たらない。

「どしたのクェイク。浮かない顔だね」

「あ、そう？　いやーそんなことないよ」

「なんか悩みでもあったりすんの？」

「えーと、あー、そうだな。気に入ってた漫画が打ち切りくらってね」

「ああ、あのロボット漫画。たまーにパラパラとしか見てなかったから気付かなかった」

話題は今週号で打ち切られてしまった漫画へと移行した。インフェルノは空いている椅子に腰掛け、クェイクは「コミック一巻買ったけど補完を描き下ろしていてね」と話しながら、さり気無くテンペストの表情を窺った。

テンペストは憂《うれ》いも屈託もないいつもの元気な魔法少女に戻ってクェイクの話を聞いている。あれはクェイクの気のせいだったのか。いや、そんなことはない。

「へえ、コミック買ったんだ。物好きだなあ」

「物好きってあんた。私、けっこう本気であの漫画気に入ってたんだってば。そもそも打ち切られたことにさえ気付いてなかったとか……切ないなあ」

「でも面白くなかったよ」

「テンペストまで追い打ちかけないでよ……あの漫画はほら、ちょっと対象年齢が高めで」

「高校生から見てもつまんなかったからなー。なんていうかさ、せっかくロボ出すんだからもっと派手にバトルしてほしいじゃん。なんか地味ーにぐだぐだ裏側でやってたりしてさー。あれじゃアンケート取れるわけないって」

「いや、そういう部分をしっかりやってこそ物語の土台がね」

「土台作ってる間に打ち切られちゃねー」

「お邪魔しまーす」

「こんにちはー」

「お、チェリーにデリュージ。同伴出勤か」

「なんの話してたの？」

「漫画の話。それよりさ、せっかく全員集まったんだからトレーニングルームでゲームしようよ。今度こそインフェルノやっつけてやるんだもんね」

「ゲームじゃなくて模擬戦ね」

「模擬戦でもゲームでもいいからさー。ねえねえ、やろうよー」

「プリズムチェリーも参加しようよ」

「ええ？　私はブリーフィングルームにいた方が」

「大丈夫大丈夫、今日は武器の使用禁止オプションありありで」

テンペストがプリズムチェリーの腰を押してブリーフィングルームから出ていった。デリュージがやれやれとそれを追い、インフェルノが漫画雑誌をテーブルに投げ、立ち上がろうとしたところで、クェイクは「ちょっといいかな」と声をかけた。

「ん？　なに？　みんな行っちゃうよ？」

「インフェルノの町内に引っ越してきた子っているかな。去年の夏くらいに」

「ああ、南田《みなみだ》さんちの翔君？　なんでクェイクが……って、テンペストか」

インフェルノの不思議そうな表情がイタズラっぽい笑顔に変化した。

「去年の町内秋遠足でね、テンペストが怪我して翔君に助けてもらったらしいよ。それ以来あの子もなんだか色気づいてきちゃってねえ」

「あ、そうなんだ」

「昔はね、あかねえちゃん、あかねえちゃんってあたしの後をちょこちょこと追ってきて
……で、今は翔君の後を追っていると。ちょっと寂しいけど仕方ないねえ」

冗談めかした口ぶりで笑い、インフェルノは椅子を引いた。

「ほら、行こう。遅刻したらテンペストが怒るよ」

スライドする隔壁の前で待ちながらクェイクは確信した。やはりだ。翔君が三角形の一

角、テンペストがもう一角として、最後の一角はインフェルノになる。

隔壁が三分の一ほど上昇したところでスライディング気味に通路へと滑《すべ》りこんだ。「テンションン高いねクェイク」というインフェルノの声を背中で受けながらデリュージ、チェリーを追い越し、今度は閉じようとしていた隔壁に滑りこみ、トレーニングルームで屈伸運動を繰り返していたテンペストの横に着いた。

「ねえ、さっきの話だけど」

「さっきの話って……」

「翔君の好きな人ってさ。私の知ってる人だったりする？」

膝を曲げた状態でクェイクを見上げるテンペストは、唇をへの字に曲げ、拗《す》ねたような上目づかいからは、意識せぬ愛らしさとともに本人の口惜《くや》しさが滲み出ていた。

「翔君さ……」

「うん」

「あかねえちゃんのこと、好きみたいで」

「ああ」

「翔君、中学生なんだ。わたし、まだ小学生だから年齢の差がけっこうあるでしょ。でも魔法少女に変身したら見た目だけは年齢差無くなるし、それでいいかなって思ってたんだけど、でもどこでどうやって出会ったらいいかなって」

隔壁が上がり、後続がトレーニングルームに入ってきたためテンペストからもたらされた情報はそれで御仕舞となったが、充分だった。

クェイクは模擬戦の最中も三人の色恋について考えていたため早々に脱落し、チェリーとともにトレーニングルームの端で体育座りをしながらさらに考えを深めた。自分が協力できることがあるとしたら、それはいったいどんなことだろうと。


クェイクは週末早朝から動き始めた。

解決方法を考えに考え、脳に熱がこもるほど考え抜いたが纏まらず、そもそも経験則を元にできない時点で机上の空論を語るしかできないのだと気が付いた。一般論でアドバイスできることはない。となれば、具体論を突き詰めるしかない。まずは目標である翔君のことを知る。翔君の生活を観察し、恋人の有無、生活スタイル、考え方、趣味、嗜好《しこう》、弱み、それらを把握し、少しでもテンペストが有利に立ち回れる土台を作る。漫画も現実も土台こそが大切だ。そのための隠密活動を遺漏《いろう》なく行うためには仕込みが要る。深夜から早朝にかけての時間帯から動かなければならない。

野球帽を目深《まぶか》に被《かぶ》り、リバーシブルのフリースを着た。リバーシブルである利点はいうまでもない。これは尾行に適している。裏返せば色だけでなく毛の長さまで違う。見る者にはまるで違った印象を与えるだろう。

朝四時。折り畳みの自転車を使用し、テンペストとインフェルノの町内を目指す。町内会館の位置は調べておいた。街灯が無く周囲は暗いが、かえって好都合だ。ドイツ製のノクトビジョンは暗闇の中だろうと可視光を増幅し、結果、問題なく行動できる。夜間でも子供を見守る機会があるかもしれないと購入しておいた物だ。役に立って良かった。

周囲の地形を調べ、町内会館階段下に程良い隙間を発見した。それ以外にもいくつか良さげなポイントを見つけて各所に指向性ステレオマイクロホンを仕掛けておく。子供の声を感知し、危機が迫っていれば駆けつけるために購入しておいたものだ。役に立って良かった。

準備はできた。離れていてかつ人目につかないブロック塀の陰《かげ》に身を潜《ひそ》め、スーツケースの中からコミックを出して読み始めた。待つこと二時間。耳元のイヤホンから子供の声が聞こえた。ブロック塀の陰からそっと覗き見、するすると移動。町内会館に子供達が集まっているのをみとめた。

テンペストは今週末に子供会で廃品回収をするためピュアエレメンツの活動は午後からになる、といっていた。インフェルノはその手伝いをするため同様のスケジュールになるだろうと話していた。クェイクは変身前のインフェルノ、テンペストをそっと視認した。間違いはない。今日、ここで廃品回収作業が行われる。

物陰から物陰へと移動し、身を隠しながら子供達の様子を窺《うかが》った。茶藤千子は子供が好きだった。大好きだった。陰ながら子供を観察してスケッチし、ふんわりと心を和ませることを日課としていた。ただし陰から見ていることが他に知られれば社会的にとんでもないことになるため、見つからないための術《すべ》をしっかりと身に付けていた。

　インフェルノ、テンペスト周りの動きを特に注意して観察する。

　インフェルノは指示役だ。子供ではなく大人の側にいる。大人からは頼りにされ、子供からも信じられ、それでいて皆を笑わせたり盛り上げたりできる逸材《いつざい》だ。

　テンペストの方は一参加者として子供の中に混ざっている。同年代の子ときゃっきゃと話しながら、時折ちらちらと別方向に目を向ける。そちらにいるのは中学生くらいの男の子だった。

　異色だ。他の中学生男子が坊主やにきびや学校指定のジャージだったりする中で、さらさらと髪を風にそよがせて笑っている様は別の生き物のようにも見える。あれが翔君だろう。線の細いイケメンがテンペストのタイプらしい。

　ただテンペストがいうほどインフェルノの方を意識しているようには見えなかった。同年代の少年達と一緒に笑っている。インフェルノに対してもリーダーに対する部下として接しているように見える。敬意であって思慕とは違うのではないだろうか。翔君がインフェルノを好きというのはテンペストの誤解だったりするかもしれない。もしそうであるならばテンペストにもチャンスは大有りだ。

千子はスーツケースからデジカメを取り出し、袖口の陰から何枚か写真を撮った。ファインダーを通さず撮影するために繰り返し練習してきた技だ。当然ストロボは使わない。街灯も無く、季節柄まだ薄暗かったが、カメラの感度はギリギリまで上げており、光量は足りている。シャッター音もオフにしているため、対象に気付かれることはまずないだろう。陰から見守るために必要なのはなにより心配りだ。

やがて子供達は何事かの指示を受け、ある者は自転車で、ある者は徒歩で、三々五々散っていった。今回はインフェルノやテンペストの動きを調べる必要はない。千子は翔君の所属する小集団の後をつけた。

小集団はさらに途中でばらけ、翔君は猫車を押しながら住宅街の奥まった方へと進んでいく。千子はこれまでに培ってきたテクニックの全てを使い慎重に尾行した。いざとなれば魔法少女に変身して逃げ出すとしても、今後の活動が困難になるような見つかり方をするわけにはいかない。そう、今後だ。今だけではない。観察して終了ではなく、テンペストを売りこむためのあれこれもある。ここで失敗するわけにはいかなかった。

電柱の陰から陰へと素早く移動し、行動を監視した。翔君は、休むことなく家から家へと巡回し、ダンボールや新聞紙、チラシの束を猫車に積んでいく。荷の詰み方には無駄がなく、隙間を作らずにしっかりと積載し、ご近所さんと顔を合わせた時には爽やかに挨拶をする。

翔君は奥へ奥へと移動していき、突き当りの門前にあったダンボールを積むと猫車の上は手で押さえなければ動くこともままならないほどいっぱいの資源ゴミが積み上がっていた。

千子は翔君が向きを変えるよりも早く表通りに向かって身を返した。民家の敷地内で身を縮め、翔君をやり過ごす。ここで見つかるわけにはいかない。尾行を中止するわけにもいかない。なぜならば、翔君の自宅を知ることまでが今回の目的に入っているからだ。自宅を知ることによって、より深く、ディープに、彼を知ることが可能となる。

翔君には大変申し訳ないが、これもテンペストのためだ。千子の中で子供の優先順位はなにより高く、それが仲間であるテンペストのことならば法よりも倫理よりも自分自身よりも高くなる。

ブロック塀に身を隠して翔君とすれ違い、ターゲットが視界から消えたタイミングを見計らって塀を乗り越え路地に出た。死角の位置取りを意識し、路地から通りに出ようとしたところで気配を感じ慌てて電柱の陰に身を隠した。そっと様子を窺うと資源ゴミを抱えた子供が三人ほど集まって談笑している。そこにやってきた高校生の顔を見て千子は電柱からブロック塀の陰に身を移した。インフェルノだ。こんな所で無駄口叩いてないでさっさと終わらせるよ、といったことを笑いながら話している。

インフェルノはまずい。彼女は異常に鋭い勘を見せることがある。一度しか人間時の顔を見せていないとはいえ、けっして油断していい相手ではない。子供達を率いてインフェルノが去っていくのをブロック塀の陰から確認し、姿が見えなくなってからふうと胸を撫で下ろした。野球帽を脱ぎ、手の甲で額の汗を拭い取る。心臓に悪い。

「あの」

振り返るとそこには監視対象であるはずの翔君がいた。

「なにか？」

平静を装い返事をしてはいるが、内心ではインフェルノが来た時の比ではないほど動悸《どうき》が激しさを増し、掌や背中の発汗が著《いちじる》しく、背筋を伝う汗の感触が把握できるほどだ。後ろ暗いところを見つかったということに加え、若くて顔のいい男性と会話することに驚くほど慣れていない。中学生男子を若い男性としてカウントしていいものかどうかとか、そういうことを考えるだけの余裕もない。平静を装《よそお》いつつも狼狽《ろうばい》する不審な女に対し、翔君は堂々としたものだった。イケメンというものは単なる顔立ちだけでなく振る舞いで決まるのだ、と友達が話していたのを聞いたことがある。

「通してもらってもいいですか？」

「はい？」

「すいません、道が狭くて」

「ああ、ごめんね」

スーツケースを持った女と積載量《せきさいりょう》ギリギリの猫車を押した中学生がすれ違うには道幅が狭い。千子はスーツケースを持ち上げ、精一杯身を縮めて道の横端に移動し場所を譲った。翔君は「すいません」と頭を下げ、横腹をこする寸前まで壁に猫車を寄せ、だがそれでも翔君の肩にスーツケースが触れた。

スーツケースの中は秘密の道具でいっぱいだ。ここでスーツケースを取り落とし、中身をばら撒きでもしたらどうなるか考えたくもない。全て子供を見守るために購入した品だったが、他人が見ればそう解釈してくれない可能性が高い。つまり見られてはならない。千子は、女にしてはという注釈つきだが、握力に自信がある方だ。がっしりとスーツケースを握り、絶対に落とさないよう力を入れた。が、それにより他の部分への注意を怠った。フリースのポケットにあった重量感が失せ、かつん、とコンクリートに物が落ちた。見つかっては困るような物をポケットに放っておくようなことはしない。コンクリートの上に落ちた物は待っている間の暇潰しに読んでいたコミックだった。

千子が屈むよりも早く猫車を押しやった翔君が戻ってきてコミックを拾い上げた。わざわざどうも、と手を出したがコミックが戻ってこない。翔君は手にしたコミックの表紙に目を落としていた。

「あの……」

翔君は、涼《すず》やかだった瞳を大きく見開き、髪を振り乱して千子を見た。千子は気圧され

後退《あとずさ》ったが、翔君は千子の手首を掴んで離そうとしなかった。

「この漫画！」

「はい？」

「お好きなんですか？」

「ああ、まあ」

感に堪《た》えないといった様子で拳を握り、上から下に勢い良く振り下ろした。「よしっ」という声には砂漠の中でオアシスを見つけた遭難者のような喜びが垣間見えた。

「僕も好きなんです！」

「ああ、そうなの」

「周りで好きだっていうやつ一人もいなくて……ネットでの評判も正直あんまり。掲示板で好きなんてレスすると一斉に煽られて……もう話す雰囲気じゃなくなって」

「そういうのは気にしない方がいいよ」

「コミック買ってる人にリアルで出会えるなんて思ってもみなかった。本当嬉しいです。毎週アンケート葉書送ってたのにどんどん掲載位置下がっていって、二冊買ってアンケート出すようになって、それでも下がって、打ち切られて……」

そこまでいってから「あっ」と声を出して千子の手首から手を離した。

「す、すいません。いきなり手を取ったりして」

「いやいや、気にしないで」

「リアルでコミック買ってる人と会えたのが嬉しくて……すいません」

「そういうのってあるよね。まあ私もあの漫画についてはもっと評価されていいと思ってたから。最終巻の加筆でもうちょっと評価が上向いてくれればね」

「えっ、最終巻で追加分があるんですか？」

「本誌のイベントで作者がいってたんだって。加筆の内容については明かされてないけど、たぶんエピローグが描かれるんじゃないかな。あとは最終戦で省略された部分が多かったんで、そこを描くんじゃないかと。レイトマンはそんな感じだったから」

「レイトマン？」

「超常騎士レイトマンって昔のアニメ、知らない？　あの漫画、けっこう露骨にレイトマンをリスペクトしていてね。作劇面でかなり影響受けてるそうだよ」

「そうなんだ……知りませんでした」

「でも影響を受けてるだけでパクリとかそういうのじゃないから。たとえば主人公とヒロインの関係があるでしょう。あのどちらが死んでも残った者が道連れになるという関係性はレイトマンを下敷きにして更に一段上を目指そうという気概《きがい》があるよね」

「それですよね！」

翔君が喜んでいるのを見ると、なんだか千子も嬉しくなってくる。ネットやその他様々な媒体《ばいたい》で知り得たもの、それに噂話レベルのものまで話すと翔君はその一つ一つに大袈裟にも見える反応をしてくれた。

翔君は覆《おお》い被さるように千子の手を取り、「あれがあるから話が締まった」「打ち切りなりに完結させようという意志を感じた」「既存のロボット物に収まらない作品になった」といったことを熱く語り、一しきり語ってから自分がまたしても千子の手を握っていたことに気付いたらしく「すいません」と手を離した。頬は上気し、顔が赤い。

「本当すいません。興奮して……今までこの漫画について話せる相手がいなくて。それに色々知らなかったことも教えてもらえて……凄い知識ですね」

「いやいや、そんなことは」

興奮する気持ちは千子にもわかる。たとえメジャー誌で連載されていたとしても打ち切り漫画について語りたがる者は限られる。そういう相手を求めるためにはネットもあるが、この漫画についてはネットでの評判も芳しくない。

千子と翔君は漫画のストーリーについて、キャラクターについて、お互いの思うところを話し、作者の前作についても語り、ブロック塀に並んで寄りかかりながら熱を込めて漫画論を語り合った。話している相手の熱意は伝染する。翔君も余程興奮していたのだろう。時折千子の手を握り、その度に顔を赤くして謝罪する。

話題はアンケート重視の打ち切りシステムが持つ功罪についてまで伸びようとしていた

が、ここで表通りの方からよく通る大きな声が聞こえた。

「おおぅい、こっちの組遅れてるよー。ほら、ちゃっちゃと終わらせないと」

インフェルノの声だ。千子、翔君ともにはっとしてブロック塀から身体を離した。まずい。一番見つかってはいけない相手が来てしまう。漫画の話に熱中してしまったことを反省し、千子は慌ててその場を去ろうとしたがバランスを崩して前につんのめった。

「あ、す、すいません」

翔君が千子のトランクケースを掴んでいたせいだった。君はいったいなにをしてくれてるんだという言葉を喉の奥に飲みこみ、とにかくここから去らなければと踵《きびす》を返そうとしたが、今度はフリースの袖口を翔君に掴まれた。翔君は口を開きかけ、何事か話そうとし、俯き、自分の肩に手を置き、顔を上げ、意を決したように再び口を開いた。

「あの、ええと……その、アドレス……交換してもらえませんか。こういう話、できる相手がいなくて……その、ご迷惑でさえなかったら」

「ああ、はい。そうね。じゃあ連絡は後ほど」

「あ、ありがとうございます！」

とにかく早くこの場から離れたかった。いつインフェルノが来るかわかったものではない。スマートフォンを取り出して手早くアドレスを交換し、別れた。茶藤千子は生まれて初めて若い男性とメールアドレスを交換したが、中学生男子が若い男性にカウントされるかどうかは最後まで答えが出なかった。

後日、ブリーフィングルーム。

訓練時間を終え、ピュアエレメンツのメンバー全員がテーブルを囲んで椅子に腰掛けている。インフェルノとデリュージは二人で一冊の週刊少年漫画誌を読み、テンペストは算数の宿題、そしてプリズムチェリーはアドバイザーとして横についている。

クェイクは携帯型ゲームのレベル上げをしながらも全く別の事について考えていた。翔君とはまだ連絡をとっていない。中学生相手とはいえ、千子があそこまで若い男性と話し込んだことはかつて無かった。あれがイケメンの力というやつだろうか。テンペストもそういうところに魅了されたのかもしれない。

翔君のメールアドレスを手に入れたことはプラスポイント。そしてもう一つ、客観的に見てインフェルノに対し恋慕《れんぼ》を抱いているようには見えないということがプラスポイント。これでプラス2ポイント。情報を手に入れるために用いた手段はなるだけぼかしてテンペストに伝えよう。きっと喜ぶ。

まずはテンペストと二人きりになって、事の次第を伝える。そして翔君にもメールを送っておこう。この後どうするかは二人に任せた方がいいかもしれない。テンペストは変身してから恋愛関係を築こうとしているようだが、果たしてそれで本当に良いのかどうかもきちんと話し合っておきたい。彼女はまだ小学二年生だ。間違えることもある。そして間違えた時に優しく諭《さと》してあげる存在でありたいと思う。

テンペストはシャーペンの芯が切れたからと外に出て行った。後を追って翔君のことを話してあげようかとも思ったが、そこまで急ぐことではない。それよりもできるだけ溜《た》めた方がいい。溜めている間、クェイクは喜ぶテンペストの笑顔を空想することができる。それはとても幸せなことだ。二人の間に千子が立ち、喫茶店でコーヒーなりケーキなりを御馳走して話しながらというのも悪くないだろうか。想像してみるとどうしても千子が絵的に余計ですぐに打ち消した。なぜか恥ずかしくなり、頭を左右に振った。

三人より二人だ。若い者同士が二人、これが良い。クェイクは表に出ず、キューピッド役に徹する。恋愛沙汰は面倒があるだけでろくなものではないと思っていた。だがキューピッド役に収まってみれば、これはこれで中々楽しいものじゃないか。世間で恋愛ものが持て囃《はや》される理由の一端を掴みながらクェイクは口の端で小さく微笑んだ。

Primula farinosa

『魔法少女育成計画JOKERS』の
物語が終わった後のお話です。

◇袋井真理子

袋井真理子《ふくろいまりこ》は、自分が変身する魔法少女「袋井魔梨華《まりか》」を誰よりも知っている。

袋井魔梨華は生きたいように生きて、やりたいようにやっている魔法少女だ。真理子自身気ままに生きているが、魔梨華のやりようは気ままどころではない。

魔梨華を知っている者は皆が「ああ、あいつは間違いなくやりたいようにやってるよ」と忌々《いまいま》しげに認めるし、魔梨華本人も自認している。周囲との軋轢《あつれき》を生み、気に入らない相手を殴り、気に入った相手でさえ蹴り飛ばし、という生き方は、本人以外の全てに対して夥《おびただ》しい迷惑をかけていたが、そんなことは我関せずで元気に暮らしている。

魔法少女になった時は、とにかく嬉しかった。未知の力を楽しみ、はしゃぎまわった。遠足当日の小学生でもあそこまで大喜びしないのではないかと思う。喜びのあまり電柱をへし折り、試験官に窘《たしな》められ、殴り倒してやろうとしたが逆に取り押さえられた。

試験官は魔王塾出身のベテランで、浮かれた新人に不覚を取るほど甘くはなかった。

魔梨華は、敗北感や挫折感を覚えることなく、むしろわくわくした。自分と同じ力を持った存在を知り、試してみたくなった。自分がどこまでいけるのかを知りたくなった。あれが袋井魔梨華の原点だ。

魔梨華と真理子、二つの人格を持つわけではない。意識は共有している。ただし、魔梨華は真理子よりも少しだけ自由でタガが外れている。

月日は恐ろしい勢いで流れていった。その間、魔梨華は勝手気ままに暴れ続け、真理子はそのフォローをしながら研究を深めた。幸い家賃収入だけで生きていけるだけの動産不動産を祖父から受け継いでいる。正職に就《つ》かず趣味を極めるくらいの自由があった。専業魔法少女とは、働かなくても食っていける人間がするべき「仕事」だ。


研究所の扉に三重のロックをかけた。留守中は警備会社にお任せだ。鍵束《かぎたば》をじゃらつかせ、中から自家用車のキーを探しながら路肩《ろかた》に停めておいた車に戻った。研究所は当面閉鎖、あらゆる研究活動はお休みだ。カルスのため、電力系統だけは生かしておく。

真理子にとって、「魔梨華の魔法の研究」とは第一義であり、最も大切で最も重視しなければならないものだった。様々な種子を頭の上で発芽させ、与える日光や水分の多寡《たか》、大気の成分調整等々で育成の条件を変え、魔法の栄養剤やホルモンを加えることにより、花の持つ魔法を広げ、あるいは深める。在野の「魔法使い」数人との技術交流や研究成果の提供、供与を経て設備を強化、魔法使いの専門的な知識も手に入れた。できることが増える度、資金を投入し、研究所と併設プラントは規模を大きくしていった。

飯《めし》の種《たね》というわけではない。世間的には「金持ちの娘が道楽でよくわからない研究をしているらしい」ということになっている。人から「おたくの娘さんはなにをされているんです?」と聞かれた時、どう答えていいか困ると親が怒ったのは一度や二度ではない。しかし、それでも、真理子と魔梨華にとっては研究こそが第一義なのだ。

その第一義を差し置いてまでやろうとしていたこととはなにか。

車中で携帯電話を取り出しメールをチェックした。明日からお世話になる予定の学校関係者各位からメールが届いている。明日からよろしくといった挨拶から、打ち合わせをしたいので電話をという言伝、歓迎会の店はここでいいかという確認、その他諸々《もろもろ》の連絡メールだ。それに迷惑メールを含めて表示範囲までいっぱいになっていた。少しチェックを怠《おこた》っただけでこれだ。

返信の優先順位とその文面を考えながらふと思い立ち、魔法の端末を取り出した。メールボックスを確認するが、なにも無い。袋井真理子に連絡をする人間はいても、袋井魔梨華に連絡を取りたい魔法少女は一人もいない。最後の履歴を見る。相手はスタイラー美々《みみ》だった。

スタイラー美々はもういない。あの美容師は、魔梨華が訪ねていけば毒を吐きながらも家にあげてくれた。彼女がいなくなって気軽に誘える相手はいなくなった。エイミーともな子については、お互い気まぐれに付き合う間柄で、連絡がつかないことが多々ある。現在もどこにいるのか、なにをしているのか、それどころか生きているのかさえわからない。

真理子は魔法の端末の電源を落とした。どこからもメールがないのはわかっていたことだ。わざわざ確認することはなかった。美々のアドレスを削除しようとし、しばし考えてから取りやめて魔法の端末をバッグに放りこんだ。

「田所《たどころ》先生が戻られるまでのお付き合いになりますが、よろしくお願いします」

微笑み、頭を下げた。拍手、それに僅《わず》かなざわめきが続く。進学校というのは伊達《だて》ではなく、朝礼での私語は、ごく少ない。ただし視線は不躾《ぶしつけ》だ。田舎だけあって余所者《よそもの》に対する警戒が強いのかもしれない。探るような視線は、生徒だけでなく、教師も変わらない。いや、むしろ闖入者《ちんにゅうしゃ》に庭を荒らされたくないという思いがあるだけ教師の方が強いか。笑顔を浮かべながら臨時採用の新入りがどの程度のものか値踏みしている。

真理子は眼鏡の位置を整え、白衣の裾《すそ》を翻《ひるがえ》して体育館の隅に用意されていた席に戻った。

大学生時代、教員免許を取得した。免許があれば損にはならないだろうと思い、とりあえずで取得したが、案に反してそのせいで損をしていた。やりたくもないことをやらされている。

世間的に、真理子は就職もせず結婚もせず趣味の研究に没頭《ぼっとう》しているだけの人間だ。魔法少女のことを抜きにして研究内容を説明することは困難であるため、真理子の研究は「自慢できるものではなく」「役に立たず」「よくわからない」ものとして両親に認識され、夕食の話題に上ると雰囲気が悪くなるという袋井家の暗部《あんぶ》として扱われている。一人暮らしをいいことに怪しい実験を趣味としている娘がいる。親であれば社会復帰してほしいと思うのが当然だ。真理子の両親は頻繁に「良い話」を持ってきた。それは見合い写真と釣り書きだったり、就職口だったりする。九割五分にきっぱりと断りを入れていたが、母に泣かれたりすると真理子も少し分《ぶ》が悪い。

そのため比較的面倒が少なそうな案件を承諾し、少しくらいは世間と関わろうとする気があるんだぞというアピールをしておくのが慣習となっていた。娘を心配するせいでストレスが溜まるばかりになっては可哀想だ。ガス抜きをしておかなければならない。

今回は教職だった。私立高校の臨時採用だ。産休の先生というやつらしい。両親が持てる限りの強力なコネを使い、空《あ》いている枠に真理子を無理やりねじこんだ。真理子のせいで職からあぶれてしまった他の志望者の方々には大変気の毒なことをした。教師一筋で一生懸命務めている人には「お前のようななんちゃって教師に教えられる生徒は可哀想だ」くらいいわれるかもしれない。しかしこちらにも事情がある。

「何歳なんですか?」

「結婚してますか?」

「シャンプーなに使ってます?」

「彼氏います?」

「どうして始業式なのに白衣着てるんですか？」

朝礼後に押し寄せた姦《かしま》しい少女達の質問を適当に流し、職員室に戻り、偉い人から順に頭を下げて歩いた。既に挨拶は済ませてあるし、名刺も配布済みだが、頭を下げるだけでスムーズに回ってくれる事柄は案外多い。両親が思っているほど社会性を欠いた娘ではないのだ。

今日は授業が無い。だがやらなければならないことは少なくない。挨拶もそうだし、会議もある。生徒達の顔を見ておきたい。教科の先生と話したいこともある。理科室を見ておきたいし、準備室にどれだけのものが揃っているかチェックしておきたい。科学部の活動内容も知っておきたい。歓迎会の時間はきっちりと空けておかねばならない。恐らくやるであろう二次会にも出る。付き合いは大事だ。それだけの準備はしてきた。

必要なことをできる限りの速度でこなし、一休みできる頃にはもう日が暮れかけていた。熱意が無いわけではないし、だんだん楽しくなってきたというのもある。それに学校の雰囲気も悪くない。自分が学生だった頃はどうだったろう、と思い出すのも良いものだ。

職員室の用具入れにかかっていた鍵を持ち出し、屋上に出てグラウンドを見下ろした。守備練習をしている野球部、走っているサッカー部、この学校にはラクロス部なんてものまである。

普段は開放されていないわけだから屋上には誰もいない。扉は錆《さび》で軋《きし》んでいる。側溝には落ち葉が堆積《たいせき》し、降ったばかりの雨が、流れる場所を失い溢れ出ていた。学校側の怠慢《たいまん》というより、開放していない場所を整備する必要はないという合理主義のあらわれだろう。汚れが無いことを確認してから壁に寄りかかった。柵の方に寄ればグラウンドで走っている生徒から見えてしまうかもしれない。赴任《ふにん》したばかりで小さな悪事を露見させることもないだろう。それに壁の側からでも景色は充分見渡せる。屋上はこれがいい。

面倒は多いが、この仕事も悪いものではない。そう思える。

西側の海からは潮《しお》の香が流れてきている。背の高い鉄塔に邪魔されているのが玉に瑕《きず》だ。南側には半端な高さのビル群が見える。夜になればネオンが光る類《たぐい》のお店だろうか。

校門の方には下校中の生徒が見える。視線を足元に向けたまま一人無言で帰る者。友人と話しながら帰る者。おどけて笑いをとる者。口論一歩手前で論じ合う者。自分の学生時代はどうだったろう。喋《しゃべ》るのが億劫《おっくう》で友達は二人か三人くらいしかいなかった。偏屈だと思われていたかもしれない。今学生になったらもう少し愛想良くできる。そんなことを考えるだけでもそれなりに楽しかった。

楽しいのが良くなかった。ちょっと休み過ぎたかな、と時計を確認したら三十分も経過していた。小休憩としては少しばかり長すぎる。

急ぎ足で職員室を目指し、途中の曲がり角で向こう側から談笑する女生徒達の声が耳に入った。どれだけ浮かれていても他人とぶつかるほど油断してはいない。余裕を持って身をかわし、おっとごめんねと頭を下げ、少女の一人に目を留《と》めた。

目立つタイプではない。むしろ地味だ。服装も髪型もしっかりと校則の範囲内に収まっている。どこかで見た顔だ。どこで見た顔だったか。すれ違う間際、その答がふっと頭に浮かび、真理子は咄嗟《とっさ》に少女の二の腕を掴み、その場に留めた。少女の顔に不安の色がきざし、驚きを少し混ぜた怪訝《けげん》そうな表情で真理子を見返している。

かつての師、魔王パムが教義のように唱え続けていた「戦場では変身を解除するな」という教えに真っ向から否をぶつけるような振る舞いを平然としてのけた。魔法少女がひしめく地下研究所で、最も鮮烈な印象を残したのが人間である彼女だった。

少女は真理子を見ている。話しかけられるものだと思って待っているのだ。

思わず引き留めてしまったが、言葉が出なかった。少女は変わらず戸惑った様子で、真理子はここでようやく少女の傍《かたわ》らに彼女の友人と思しき女生徒が二人いたことに気が付いた。そのうち一人が少女の脇を肘《ひじ》でつついた。

「ちょっと小雪《こゆき》。先生と知り合いだったの？」

もう一人の女生徒がそのままフォロー気味に割って入る。

「すいません、この子ってば始業式途中から参加したんで先生の紹介もろくに」

スノーホワイト。通称、魔法少女狩りのスノーホワイト。彼女が変身を解除し、人間に戻った時、魔梨華も居合わせた。人造魔法少女を探して潜った地下での話だ。多くの魔法少女が命を落とした。袋井魔梨華が強引に連れて行ったスタイラー美々も殺された。あの時のことは病院のベッドの上で何度も何度も考え、その後もことある毎《ごと》に思い出している。もっと他に良いやり方は無かったか。犠牲者を出さない方法もあったのではないか。思いが飛びかけ、だが今考えるべきは別なことだと現実に戻った。

なにから話すべきか。どう話すべきか。

グラウンドの方で歓声が上がった。スノーホワイト……小雪がちらとそちらへ目を向けた。地下の時とは状況が違うせいか、表情が柔らかい。本当にただの女の子に見える。

「っと、ごめん」

結局何も思いつかず、謝りながら手を離した。真理子はどうやって説明をしたものかと頭の中で言葉を選び、しかしそれを口にするよりも早く小雪が頭を下げた。

「……失礼します」

歩き出した小雪が真理子とすれ違い、「ちょっと、ねえ」「どういうこと？　知り合い？」と友人二人が追い縋っていく。真理子は振り返って二人の背中を見送り、髪をかき上げ深く息を吐き、周囲を見直すだけの余裕をもった。廊下を歩く生徒達が、ある者は好奇心を隠そうともせず、ある者は不審げに、ある者は面白い見世物を見る目を向け、こちらを見ている。あまり良くない意味で注目されていたようだ。

窓の外の歓声は徐々に鎮《しず》まっていく。真理子は白衣の襟元《えりもと》を寄せた。

◇姫河小雪

学校を出た小雪は、友人二人——高校に入ってから知り合った沙里《さり》、中学からの付き合いとなる芳子《よしこ》とともに駅前交差点から一足のフルーツパーラーを訪れた。中学生時代のファーストフード店から気持ちランクアップしている。

「さっきの人って新任の先生だったの？」

「そうそう、田所《たどころ》先生産休で休んでるじゃん。その代わりにきた科学の先生だよ。小雪朝サボってたから知らないでしょ」

「別にサボってたわけじゃないよ。ちょっと遅刻したけど」

「男子が騒いでたよー。ざわざわって感じでさー」

「男子より沙里の方が騒いでたけどね」

「綺麗な人見て騒ぐのはマナーだもん。ああいうタイプいいよねえ。昼間はビシッと眼鏡でキメて、夜とのギャップが凄かったりするんだよね……えへへ」

「なんであんたのセクハラトーク聞かされなきゃいけないの」

「で、さっきのはなんだったの小雪。向こうは小雪のこと知ってるみたいな顔してたけど」

「そうそう。どういう関係なの」

「知らない人だよ」

ええっという声が二人分揃った。声は大きく、驚きと非難が込められている。

「ちょっとちょっとー、じゃあどういうことなの。なんでいきなり腕掴まれたの」

「忘れてるんじゃないの？」

「そんなことないと思うけど……でもちょっと自信ないかも」

「沙里はしょっちゅうやってるよね、人の顔忘れるの」

「しょっちゅうって嫌だなー。なんか私が忘れ物女王みたいな言われ方されるのは不本意だよ。私が悪いんじゃなくてさ、忘れられる相手にインパクトが足りないせいだってー」

「よーっす。なんの話してんの？」

「おお、スミちゃん。聞いてよ、よっちゃんが酷いんだよー」

縋《すが》りつこうとする沙里を綺麗にかわし、スミレが空《あ》いている席に腰掛けた。芳子、沙里、小雪とは通っている高校が異なる。とはいえ、制服や高校が違っていてもこうして放課後に合流することは何度かあり、沙里ともいちゃつく程度に仲が良い。芳子は「あの子、向こうの学校で友達いないんじゃないの」と心配とも毒ともつかない言葉を口にしていたが、友人を作って楽しくやっているらしいことはファルの調べによって明らかになっている。

「よっちゃんが酷いのは昔からだから仕方ないね」

「あ、やっぱり昔から酷いんだー」

「そうだよ。私が夢のある話をしてもすぐに否定するからね、この御仁《ごじん》は」

「なんで私の話題に変わってるの。今は小雪の話してるんでしょ」

「別に私はよっちゃんの話で問題ないかなって」

「小雪も誤魔化そうとしない」

「小雪がなにかやらかしたの？」

「新任の先生が小雪のこと知ってる風だったのに、小雪は知らない人だって」

「うわ、それは酷い」

「よっちゃんは私だって忘れっぽいみたいなことというけどさー。でもインパクトある相手なら忘れないもんね。だから小雪には勝ってるのさ。あの先生、インパクトあるじゃん。美人だし。だから名前も忘れてないよ。袋井真理子先生」

液体が噴出する音に悲鳴が追随《ついずい》した。他の客が騒ぐ声が続く。小雪は咳きこんだ。ミルクセーキが気管に入るところだった。少しくらい入ったかもしれない。

「ちょっと小雪！　どうしたの！　いきなり吹き出して！」

「う、うん、ごめん、大丈夫だから。ちょっとむせただけ」

「あのさ……できることなら顔面にミルクセーキぶちまけられた私も心配して欲しいな」

「なんかすごい猥褻《わいせつ》な感じになってるからスルーした方がいいかなって」

「とりあえず写メに撮って保存しておくねー。今のスミちゃん、素敵だよー。ほらこっち向いてー、力なく微笑んでみてー。ピースサインもダブルでいっちゃおうかー」

「ああ、そんな感じになってるんだ……沙里、その写メ後でこっちにも送っといて」

「ご、ごめんねスミちゃん」

店員と友人と周囲の客にまで謝りながらミルクセーキを拭き取った。

袋井真理子。似た名前を知っている。武闘派魔法少女の集まりである魔王塾さえ放逐《ほうちく》された根っからの戦闘狂と噂される魔法少女。つい先日、地下の研究所でともに戦った。噂にたがわぬ大胆な真似をする魔法少女だったが、ほぼ本名のままで活動しているとは思わなかった。もう一つ付け加えるなら教師ができるだけの社会性があるとも思わなかった。

◇袋井真理子

スノーホワイトにはきちんと御礼をいいたいと思っていた。スノーホワイトがいなければ袋井魔梨華の命は無かった。その後の顛末も聞きたかったたし、魔梨華が意識を失っている間にどんなことがあったのかも知りたかった。こちらから話したいこともたくさんあった。話をしようにも連絡先がわからず、彼女が所属している監査の窓口で問い合わせたところ「捜査員の情報を外部に漏らせるはずがないだろう」と怒鳴られ、最終的には殴り合いの喧嘩にまで発展し、机が飛び、椅子が踏み砕かれ、床が抜け、天井が崩落した。相手方も表沙汰《おもてざた》にしたくなかったせいか、処分は免《まぬか》れたものの、相変わらずスノーホワイトの連絡先はわからないままで、これはもうしょうがないなと諦めかかっていたところだった。

魔法少女には不思議な出会い運があるという。長い間の魔法少女生活でそれを実感する機会は何度となくあった。今回も同じだ。

小雪は屈託なく笑い、話し、ごく普通のどこにでもいる高校生として生きているように見えた。魔法少女狩りという物騒な異名は全く似つかわしくない。だが、ほんの少しだけ違和感があった。

世捨て人のような魔法少女生活ではない。彼女のリアルはいたって充実しているように見える。魔法少女と人間生活をきちんと両立している。しかし出来過ぎている。高校生くらいの現役魔法少女ならもっと隙があっていい。彼女はあまりにも隙が無い。本来隙を見せていいはずの友人達に対してまで油断なく振る舞っている。そういう生き方をしている。スノーホワイトのことを考え、姫河《ひめかわ》小雪のことを考え、しかしそれだけでは生きていけない。良い教師のふりくらいはしておくか、と風呂上がりに鞄から小テストの束を取り出そうとし、手が滑り、洗ってない皿が積まれていたテーブルの上に落とし、慌てて拾い上げたが一部のテスト用紙にピザのチーズやミートソースが染みてしまっていた。

溜息を吐いた。なにをやっているのだろうか。

テスト用紙を広げ、せめてシミを薄くするくらいはできないだろうかと考えていると聞き覚えの無い着信音が鳴った。聞き覚えがないはずだ。魔梨華の魔法の端末が着信音を鳴らしたのはいつ以来だったろうか。皿を横にずらし、テーブルの上になんとか空きを作ってそこにテスト用紙を置き、魔法の端末を取り出して確認した。

知らないアドレスだ。迷惑メールの類はそもそも受け付けるようになっていない。タイトルは「スノーホワイトです」となっていて、真理子は迷わずメールを開いた。

会いたいから都合の良い晩を教えて欲しいといったことが生徒から教師に送るメールと同程度に丁寧な文章で表示されている。真理子は皿の隙間に置いてあった眼鏡を手に取り、もう一度メールを読み直した。確かに会いたいとある。

どうやら真理子が魔梨華だったことに気づいてくれたらしい。友人二人がフォローしてくれたのかもしれない。良い友人だ。ありがたい。

向こうが会いたいのならいつでもいい。準備は五分でできる。お土産はお菓子がいいだろう。いくつかの洋菓子屋を思い浮かべ、候補を取捨選択しながらポーチを手に取り、姿見を覆っていた布を取り払ったはずみで化粧水の瓶が倒れ、すぐ元に戻した。浮ついているというか慌てている気がする。もう少し落ち着こうと深呼吸し、腕を広げたはずみでまた化粧水の瓶が倒れ、今度は姿見脇のゴミ箱に落ちた。

◇ファル

「袋井魔梨華が本部を襲撃したって話は聞いてるぽん？」

「うん。窓口が壊されてたね」

「スノーホワイトの居場所はどこだ！　と怒鳴りこんできて受付と乱闘騒ぎになったそうだぽん。備品どころか床や天井まで破壊されたぽん」

それでも監査はスノーホワイトの居場所を明かさなかった。だが魔梨華はそれで諦めたわけではなかったのだ。どうやって嗅ぎつけたのかスノーホワイトの居場所を探り当て、変身前の姿、正体ともいうべき姫河小雪の前に教師として赴任してきた。

「闇金がこういうやり口を使うぽん。職場に電話を入れてプレッシャーをかけてくるそうだぽん。でも、それと比べても遥かにえげつないぽん。悪役がヒーローの身内を狙い、日常生活を脅かすという方が近いぽん。まさに悪の所業ぽん」

「大袈裟にいい過ぎだよ」

「いいや！　なにも大袈裟じゃないぽん。教師として赴任するためには電話をする以上に乗り超えるべきハードルが多いぽん。そしてそのハードルは見上げるほど高いぽん。教員免許を持っていればそれでいいというものではないぽん。なにかしらの人脈やコネクションを利用しているか、それとも関係者を拉致監禁脅迫強要暴行……なんて恐ろしいぽん。袋井魔梨華だったら、どれでも有り得そうぽん」

それだけの歪《ゆが》んだ熱意と労力をもってスノーホワイトに迫っている。魔法少女にはこの種の執着心を持っている者がたまにいて、ファルの元主人であるキークにもそういった部分があったし、キークの師匠だったフレデリカもそうだった。袋井魔梨華は戦っていればいいという戦闘狂だが、戦いたい相手がいるならそれだけ固執《こしつ》するのだろう。

「スノーホワイトだけじゃない、姫河小雪の生活を脅かし、家族や友人を傷つけかねない危険な存在ぽん。なんらかの対処をしなければならないぽん」

「やっぱり大袈裟だと思うよ」

「大袈裟なんてことはないぽん！　油断は厳禁ぽん！　袋井魔梨華は昔っから油断のならない恐るべき魔法少女だったぽん。考えるだけでも震えてくるぽん」

「知り合いだったの？」

「シミュレーターで袋井魔梨華のデータを使ったことがあるぽん。袋井魔梨華を混ぜると基本的に滅茶苦茶にされるぽん。それはもう誰であろうと止められないぽん。だから油断しちゃいけないぽん。スノーホワイトも、ちゃんと打ち合わせ通りに動くぽん」

ファルとスノーホワイトは急遽相談し、袋井魔梨華を呼び出すことにした。彼女の望みがスノーホワイトとの立ち合いにあるのならば早々に願いを叶えておさらばしたい。そうでないのならば、なにを目的として赴任してきたのかを知る必要がある。相手がどれだけ真意を隠そうとしても、むしろ隠そうとすればするほどスノーホワイトの魔法は逃さない。

「ファルは悪く考え過ぎていると思うよ」

「その道の玄人《くろうと》も裸足《はだし》で逃げるようなやり口の魔法少女に悪く考え過ぎるなんてないぽん。スノーホワイトは甘過ぎるんだぽん。いつかその甘さに足元をすくわれるぽん」

「でもあの人、そんなに難しいこと考えてないもの」

「共通の敵がいれば頼もしい味方になるかもしれないぽん。でも乱世《らんせい》の英雄は清平の奸賊《かんぞく》ぽん。なにを企んでいるとしても、決してスノーホワイトの得にならないことぽん」

姫河小雪の家族友人知人親族から隣近所ちょっとした顔見知りに至るまで、襲われたら即電脳空間に引きずり込み、保護する備えはしてある。待ち合わせの時間を太陽の無い夜に、場所を地面から離れたビルの上にと魔梨華に不利な状況も作った。

「スノーホワイトは魔王塾出身者を侮《あなど》っているぽん」

「別に侮ってなんか」

「フレイム・フレイミィを捕まえたくらいで慢心してちゃいけないぽん。心得違いぽん。フレイム・フレイミィなんて魔王塾の顔でも無ければ代表でもないぽん。それどころか基準や典型でさえないぽん。最低ラインと考えるべきぽん。ファルは魔王塾の恐ろしさをこれでもかというほど教えられたぽん」

「なにかあったの？」

「魔王塾の連中がいるのといないのとでゲームの難易度が段違いに変わったぽん。そのせいでファルはプログラムを組み直すはめに……あんな思いはもう二度としたくないぽん」

「私怨《しえん》混ざってない？」

「私怨じゃないぽん！　絶対に油断をしちゃいけないぽん。ルーラは手に持ったままでいるぽん。どこから襲われても対処できるように構えておくんだぽん」

ファルはスノーホワイトに何度も注意を促《うなが》し、一人と一匹はビルの屋上で待機した。待っている間も周囲の地形に目を配ることは忘れない。水道管かガス管かはわからないが、露出配管が妙に多いため足を取られないよう注意しておきたい。球状の貯水タンクは武器にできるかもしれない。というか袋井魔梨華なら武器に使ってきそうだ。

「ねえファル」

「どうしたぽん」

「来たみたいだよ」

「どこ!?　どこぽん!?　上!?　それとも物陰に潜んで……」

「いや、そうじゃなくて」

なにかが聞こえた。コンクリートを小気味良く叩く音だ。少しずつ音は大きくなっていき、それが足音であるとファルにもわかった時、屋上の扉が軋み、ゆっくりと開いた。白い箱が扉の中から出てきて、それを右手に掲《かか》げた白衣の女性が現れた。星や月の灯りさえ無い曇り空の下でもビルの下方に灯る電飾の明るさを受けて白衣と箱の白さが際立つ。人間の女性だった。先日、下校中の姫河小雪の腕を掴んでその場に留めた臨時の教師、袋井真理子。袋井魔梨華の変身前の姿だ。

真理子は「やあやあ」と箱を掲げ手刀を切るような動作とともにスノーホワイトへ近寄ろうとし、途中で足を止めた。訝《いぶか》しげな表情を浮かべ、変身しているスノーホワイトを見、彼女が右手に握ったルーラを見た。しばし考えている様子を見せ「ああ、そういうことね」と頷き、ずれかけた眼鏡の位置を空いた左手で修正し、すたすたと距離を詰め、スノーホワイトに箱を差し出した。

スノーホワイトはファルが注意する間もなく箱を受け取り、真理子は踵《きびす》を返し、来た時と同じようにすたすたと歩き去り屋上の出入り口から消えていった。

「……どういうことぽん？」

「空気読んでくれたんだよ」

「空気？」

スノーホワイトは白い箱をコンクリートブロックの上に置き、ルーラを両手で構えた。

「ケーキは後で食べよう」

「ケーキ？　ああ、この箱ケーキぽん？　え？　なんでケーキ？」

「来るよ」

激しく打ちつけられる音とともに屋上の扉が開いた。蹴り開けられたのだ。

「待たせたな魔法少女狩り！　せいぜい楽しませてもらうぞ！　ハッハァ！」

頭の上に白く光る月見草を戴《いただ》いた袋井魔梨華が飛びこんできた。

三姉妹育成計画
restart

『魔法少女育成計画restart』の
ゲームが始まるちょっと前のお話です。

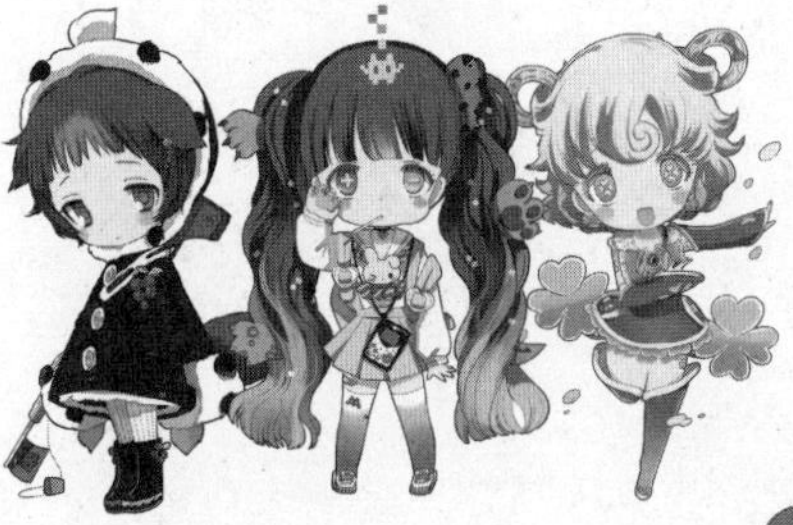

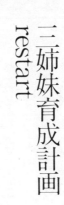

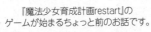

前を見れば荒野が広がっていた。乾いた地面には雑草の一本も生えず、風に土埃《つちぼこり》が舞っている。右を見ても同じで、左を見ても同じだ。見上げれば太陽が燦々《さんさん》と照りつけ、振り返ると二人の妹がいた。ソラミは口を半開きにし、目を眇《すが》めて遠くを見ていた。幸子《さちこ》は頭を抱えてうずくまっている。

うるるだってできることなら頭を抱えてうずくまっていたかった。こんなのは有り得ない、夢か幻覚か集団ヒステリーに違いないと決めつけ、大の字になって寝転がってしまいたいと思っていても、責任ある立場の長女に現実逃避は許されない。

だからうるるは指示を出した。

「整列！」

幸子は腕の間から顔を上げ、ソラミは怪訝そうな表情でうるるを見た。

「うるる姉、今そんな場合じゃ」

「こういう時だからこそ心を落ち着けて普段通りの行動！」

ソラミはしぶしぶと動き、幸子はのろのろと立ち上がり、並んで立った。うるるは腹に力を入れ、荒野に響かせんと大声を出した。

「点呼ぉ！」

「……いち」

「にー」

大きく息を吸い、吐いた。

「一つ一つ確認しよう」

「はいはい」

「うるる達はプク・プック様に付き従って新部門にやってきたんだ」

「そーね」

◇◇◇

役に立つようだったらスポンサーになって支援をする。役に立たないようだったらさよならしてそれでお仕舞いにする。という条件でプク・プックに支援を願い出た部門があった。プク・プックのように偉大な魔法少女を後ろ盾として求める者は多い。いちいちそれに応じていてはキリがないが、金と名前を出すだけの価値があるものなら別だ。

新設されたばかりのＩＴ部門が打ち出した「模擬訓練用シミュレーター開発プロジェクト」はプク・プックの琴線《きんせん》に触れ、送りつけられた書類に一通り目を通し、実際にどんなものか確かめてみたいということになった。

プク・プックが出かけるということになれば、プク・プック親衛隊である三姉妹の出番だ。フラゴナールの絵画から抜け出てきたような美しいロココスタイルに着替えてお出かけモードに入ったプク・プックのあでやかな姿に見惚《みと》れながらも護衛の任務を果たし、I T部門の長《おさ》が待つという仕事場にまでやってきた。

そこは狭く汚い事務所かどこかにしか見えず、プク・プックを出迎えるに相応《ふさわ》しい場所とは思えなかった。灯りは薄暗い室内灯のみで窓もなく、光に照らされて埃が舞い踊っている。なんと無礼なとうるるは心の中で憤《いきどお》り、プク・プックを見ると彼女は嬉しそうだった。

「こんな場所があるんだ。面白い世界だねえ」

ただの汚い事務所に見えてもプク・プックがそういうならば面白いのだろう。

事務所の椅子にかけていた魔法少女が立ち上がり、両手を広げた。

「ようこそようこそ、あたしの世界へ」

眼鏡、白衣、露出度の高い水着、ろくに整えられていない髪、首に提《さ》げたキューブ型パズルという取り合わせに脈絡が無く、見ているとなんとなく不安になる。魔法少女のコスチュームに文句をいっても始まらないが、プク・プックを出迎えるにしてはやはり無礼ではないだろうか。プク・プックがお出かけ用におめかしをしてきたのだから、出迎える側はせめて髪型くらいきちんと整えるべきではないか。そう考えてプク・プックを見るとやはり嬉しそうだった。

「こんにちは、キークちゃん」

「はじめまして。偉大なるプク・プック」

魔法少女「キーク」は白衣の袖をまくって右手を露出させ、プク・プックと握手を交わした。プク・プックは笑い、キークもつられるように笑った。

どうぞと促され、プク・プックは端が破れてスプリングの飛び出たソファーに腰掛けた。三姉妹はプク・プックの背後に並んで立つ。うるるは肘《ひじ》で幸子の脇腹を突き、咳払いをした。自分も座りたいと思っているのだろう。幸子が爪先で二度三度床を打った。恐らくは

「それじゃ、あたしがやろうとしている計画なんだけど――」

ドアが開いた。うるる達が入ったドアとは逆側だ。全員が一斉にそちらへ目を向けた。

ストライプのロングTシャツ、棘《とげ》のついたレザーの髪飾り、ごついレザーのパンプス、骨柄のタイツ、トドメに斧《おの》を思わせる恐ろしげなギター。魔法少女というよりどこかのパンクロッカーに見える。その正体がなんであれ、狼藉者《ろうぜきもの》に違いなかった。

ソラミと幸子は、普段ののろまが嘘のように素早く動いてプク・プックの両脇を固め、身構えた。うるるは背中の銃を抜き、主の前に立って棍棒《こんぼう》のように構えようとし、だがプク・プックは右手でうるるを制した。

「悪い子じゃないみたいだよ」

「その通り！　みんなのアイドルトットポップちゃんね！」

心底から忌々《いまいま》しげに、キークが溜息を吐《つ》いた。

「呼んでない」

「そんなことないのね。今日は一緒に遊ぶって約束してたでしょ」

「してない。今日は偉い人と話さなきゃいけないことがあるから駄目っていったし」

「それはつまり、偉い人と話す用事があったけど、トットから誘われたからこっちを優先してやるかって意味だったんじゃないのね？」

「んなわけあるか！　我田引水《がでんいんすい》にも限度ってもんがあるだろ！　帰れ！」

「まあまあ。トットちゃん……だっけ？　悪気があって来たわけじゃないんでしょ。怒ったりしたらかわいそうだよ。こっちで一緒にお話ししよう」

「はいはーい」

トットポップと名乗った魔法少女は、部屋の主であるキークの許可を得ることもなく、この場で一番偉いプク・プックに詫《わ》びるでもなく、するりと部屋に入り、いつの間にかそこにあった回転椅子にさっと腰掛け、傍《かたわ》らに斧のようなギターを立てかけた。

幸子は「どうしよう」という表情で、ソラミは「これどうすんの」という表情でうるるを見、うるるはどうすることもできずプク・プックを見ると、美しく可愛らしいプク・プックは水鳥の羽のように軽やかな微笑みを闖入者《ちんにゅうしゃ》へ向けていた。

「すごい子が来たね」

「トットってそんなにすごい？」

「すごくない。すいません、こいつがいると色々台無しになるんで追い返した方が」

「だいじょぶ、だいじょぶ」

プク・プックは全く緊張した様子もなく、むしろ弛緩《しかん》したような声で、

「三人とも、ちょっと席を外してもらえるかな?」

うるる、ソラミ、幸子に命じ、命じられた側は困惑した。

「えっ……ですがそれでは」

「大丈夫だよ。お話をするだけだから、心配は要らないの」

「ですが……」

「キークちゃん、控室みたいなのはある?」

「物置でよければ、そこに」

キークが指をスナップさせ、ただの壁だった場所にモザイク模様が広がり、散った後には木製の扉が残されていた。

「うん、それでいいよ。じゃあみんなはそこで待っててね」

反論する余地なく物置に押しこめられ、扉が閉じた。閉じようとしていた扉の向こうからは、キークが「本当にこいつ帰さないんですか?」という不満そうな声に、プク・プックの「二人でお話するより三人でお話した方がきっと楽しいよ」という声が続き、そこで扉が閉まった。それ以降はネズミの囁《ささや》きほども聞こえてこない。

「大丈夫かなあ……」

幸子が心配そうに首を傾げ、

「まあ、だいじょぶっしょ。プク様がそういうんだからさ」

ソラミは根拠なく請け合った。

「だいじょぶなことなんてなんにもなーい！」

うるるは怒鳴った。腕を振り上げようとし、テーブルの上に詰まれた本に拳が当たって本の山を崩した。バサバサと本が落ち、埃が舞い、咳《せき》が出、苛立《いらだ》ちは募《つの》る。物置といわれただけあって、この部屋は本当に散らかっていた。プク・プックを通す部屋としてはあまりにも汚いと評した先程の部屋でさえ、ここに比べれば立派な応接室だ。

「しっかし酷い部屋ね、ここ」

「埃っぽいよねえ」

「隣の話し合いがあとどれだけ続くかわかんないし、せめてもうちょっと過ごしやすくするためにも片付けっぽいことしときますかねー」

「こらソラミ、今そんなことをしている場合じゃ」

「ほら、うるる姉も手伝って」

「せめて座れるようにしようか」

「もうっ、まったく、いつもいつも……」

そもそもこの部屋は広いのか狭いのかわからない。天井まで堆積《たいせき》した機械類と書籍類と紙束と木箱とダンボール箱とその他雑多な物によって視界が塞がれ、どこに壁があるのかさえわからず、三人の魔法少女が入ればそれでギリギリ、立っていることはできても座ることはできず、今三人は自分の座る場所を確保するために上に積まれた物を別の物の上に移すという不毛な作業を続けていた。ソラミはだるそうに、幸子は悲しそうに、物を上げ下げしていた。

うるるはぷりぷりと怒りながら物を上げ下げしていた。なにかを動かせば埃が散ってむせ返りそうになる。右の袖口で鼻から下を押さえ、左手で物を下ろしては上げていたら背中の銃がテーブルの角に引っかかった。むっとしてテーブルの角を叩いて銃を外し、弾みでテーブルの上に積まれていた機械類が床に落ち、埃が舞うとともにカチリとスイッチが入るような音がした。

◇◇◇

そして現在の三姉妹は荒野のただ中にいる。

「話をまとめるとさ」

「うん」

「うるる姉がなんかのスイッチ押しちゃって、それであたしらここに飛ばされたん？」

「うるるのせいみたいにいうのやめて！」

「だってうるる姉のせいじゃん」

「そんなものを無造作に置いておく方が悪いんだよ！」

「えっと……それで……」

幸子が不安そうに周囲を見回した。

「ここ、どこなんだろう……」

「どこだろ。日本っぽくはないかなー」

「別にどこでもいいよ。うるる達は、とにかく進む。人を見つける。そして帰る。山賊とか盗賊とか、そういうのが出てきたってうるる達魔法少女にかかれば」

うるるは背中の銃を抜こうとし、手が空《くう》を掴んだ。

「あれ？」

背中に手を当て、探った。本来銃があるべき場所になにも無い。撫でさすり、コートを脱いでばたばたと煽ぎ、それでも銃が見つからない。

「うるるの銃がないんだけど」

「別にいいじゃん、あんな玩具《おもちゃ》」

「あんな玩具いうな！　あれは大事な物なの！」

「ねえ」

うるるとソラミは揃って幸子を見た。幸子はうるるとソラミではなく、全く別の方向を見ていた。目は見開き、瞬《まばた》き一つせず、足が、手が、身体が、小刻みに震えている。

「あれ……」

ゆっくりと震える手を上げて指差した先には、蠢《うごめ》くなにかがいた。静かにゆっくりと、地面の中から人の形をしたなにかが――うるるは目を凝らした。筋肉も皮膚も内臓も無い、白い骨以外は何一つ残っていない人骨が動いていた。

魔法、だろうか。幸子が小さく悲鳴をあげ、駆け出そうとしたソラミをうるるが「ストップ！」と声をかけて制した。骸骨《がいこつ》の群れはこちらに向かって走り出した。意外に軽快な動きだ。たぶん、うるる達を襲おうとしている。うるるは口元に開いた両手を添え、動く骸骨達に対して大きな声で呼びかけた。

「今魔法をかけたからね！　そこから動くと死んじゃうよ！」

うるるの言葉は、どれだけ嘘っぽくても、実際にそれが嘘でも、聞いた者にそれが真実であるかのように思わせる。これがうるるの魔法だ。なのに、骸骨達はなにも聞こえていないかのようにざわざわとこちらへ近づきつつある。ソラミが呟《つぶや》いた。

「あれ、言葉通じてないね」

「……うん」

「うるる姉の魔法、意味無かったね」

「やな言い方するの禁止！　ほら、戦うよ！」

ソラミが蹴り、うるるが殴り、幸子がきゃあきゃあ悲鳴をあげながら蹴って殴り、ほどなくして動く骸骨の群れはバラバラの骨になり、粉々に散った骨の破片は風に吹かれ空気に溶けるように消えてしまった。

あるかもしれない追撃に対するため、三人はお互いの背中を合わせて立つ。緊迫した空気の中、電子音が鳴り響き、三人はビクッと体を震わせた。うるると幸子は胸元から、ソラミは背負ったリュックサックから魔法の端末を取り出す。魔法の端末が派手派手しく光り輝き、中央には「スケルトンの集団を倒した。8のマジカルキャンディーを手に入れた」と表示されている。

「なにこれ？　ゲーム？」

「マジカルキャンディーってなんだろう……」

「勘弁してほしいっすわ。どーゆーことなんよ」

三人は車座に座り話し合った。見知らぬ場所に飛ばされた。骸骨の群れに襲われた。魔法の端末が勝手に動く。なぜこうなった。ここはどこだ。どうすればいい。これらについては話し合う時間を必要としなかった。答えは魔法の端末の中にあったからだ。

「えーっと……『魔法少女育成計画』……？」

「あー、これあれじゃん。模擬訓練用のシミュレータ」

「開発のためにお金もらおうとしてたんじゃないの？　できあがってたの？」

「んー、チュートリアルモードってやつになってるね。試作段階ってとこじゃない？」

「R18モードに変更しますかって選択肢があるけど……」

「幸子、変なところ触らないで」

「ゲームの中に閉じこめられたってのは初体験だわ」

「ソラミ、いやらしいこといわないで」

「え？　いや、いやらしくないでしょ。なにがいやらしいの。初体験がダメなの？　普通に使う言葉だと思うんだけど」

「ねえ……これ見てよ」

幸子が震える声、震える手で指した先には「ゲームをクリアするまで外の世界に戻ることはできません」とあった。

「げえっ、マジかよ勘弁」

「いや……でも、うるる達がいつまでもここにいればプク・プック様が気付いてくれるはず。ゲームの製作者だっているんだから助ける方法がきっと……」

「ねえ……これも」

幸子が震える声、震える手で指した先には「外の世界とゲーム内では時間の流れる早さが違います。ゲーム内で三日が経過しても外では一瞬」とあった。

「幸子！　あんたさっきからいやーな情報ばっかり！」

「だって見つかるんだもん！」

モンスターを倒して手に入る「マジカルキャンディー」で装備やアイテムを買い、ボスであるグレートドラゴンを退治すればゲーム終了となり解放される。また、この世界では魔法少女であっても腹が減るため道具屋で売っている保存食を定期的に摂取しなければ全てのパラメータが減っていき、やがて餓死する。

読めば読むほど暗くなることしか書いていない。幸子は既に半死人のような顔色で、ソラミはゆっくり首を横に振って天を仰いだ。うるるだって泣き出したかった。でも三姉妹の長女が、プク・プック親衛隊の隊長が、涙を見せて弱音を吐くわけにはいかない。

「よし、まずは街を探すよ。ほら、立って」

この地平線まで続く荒野の中、街を探すまでに力尽きるかもしれない、でも最後までやれることをやって散るのがプク・プック親衛隊の意地と誇りだ、と悲壮な決意で臨《のぞ》んだ最初の街探しは、荒野に点在するビルの残骸の上から遠方を見ることでわりとあっさり見つかった。街の中には中世ヨーロッパとか、そんな感じの格好をした人間が歩いている。魔法少女丸出しの三人が歩いていても特に注目する様子はない。

「ＮＰＣってやつみたいね」

「えぬぴーしーってなに？　ゲームに詳しくないうるるにもわかるように説明しなさい」

「ノンプレイヤーキャラクターってこと。コンピューターが操ってるキャラよ」

「武器は装備しないと意味がないぞ、とか、ここはほにゃらの街だよ、とか教えてくれる人達だよね」

「そういう典型的なのよりはちょっと上等に見えるねー」

　話しかけてみると、きちんと人間っぽく応じてくれる。街の名前、施設の場所、冒険の目的、モンスターについて、等々、質問すればキャラクターが知っている範囲で返してくれるし、見た目によって口調も違う。驚いたことに、幸子やソラミが「もうすぐ空が落ちてくる」とか「地面が割れる」とかいっても嫌そうな顔をするだけなのに、うるるが同じことをいうとまるっきり信じて怯《おび》えた表情を浮かべる。嘘を信じさせる、といううるるの魔法が通用してしまうくらいに人間らしい。

「そういえば、なんで中世ヨーロッパ風なのに日本語使ってるんだろう」

「それはいいっこなしでしょ」

　街の住人に場所を教えてもらい、ショップを目指した。保存食や通行券以外に武器も売っている。「ライフル」という武器を見せてもらうと、それはほぼうるるの銃だった。

「あった！　うるるの銃！」

「えーっと買い物はマジカルキャンディーを店に支払って……あ、駄目だわ。今持ってるキャンディーじゃうるる姉の銃買い戻すことできないねー」

「買い戻すんじゃない！　うるるが質《しち》に流したみたいな言い方するな！」

ショップの店主を魔法で騙して武器を安く手に入れる、ということはできなかった。決められたマジカルキャンディーを入金しないと、どうやってもアイテムが出てこない仕組らしい。

「とにかく武器買わないと」

「そーね。セオリー的にもそれでいいんじゃね？」

ソラミがいう「この種のゲームのセオリー」はそれほど難しくなかった。まずはマジカルキャンディーを溜め、武器を購入し、新しい武器を持って新たなフィールドを目指す。

うるるの武器である「ライフル」がうるるにしか装備できないように、ソラミと幸子にも固有の武器が設定されていた。武器のスペックを見せてもらって二人は溜息を吐いた。

「あたしの武器、スマホを紐でつないだヌンチャクって……どーゆーセンスよ？　もうちょっとどうにかなんなかったのかなー」

「わたしの武器なんてただのナイフだよ……特に思いつかなかったからテキトーに設定してる感じがするよね。ナイフなんて訓練でちょっと使ったことがあるだけなのに」

ショップでは保存食のみ購入し、骸骨が出現する場所を探して荒野をさ迷い歩き、見つけたらやっつける。見た目は恐ろしくても、動く骸骨ごときはうるる達の敵ではなかった。

戦闘訓練に消極的で怒られることも多い幸子でさえ、喜々として蹴り、殴り、投げ飛ばし、骸骨達をバラバラの骨に変えていく。

「幸子姉、元気いいねー。戦うの嫌いなのに」

「叩いてもいい相手を叩く機会ってあんまりないから」

「なんかすごく怖いことといってるような気ぃすんわ……」

　こういう時、追い詰められて一番とんでもないことをやらかすのが幸子、ということはうるるもソラミも知っている。というかプク・プック配下なら大抵知っている。ある程度幸子がストレスを解消できるものがあるというのは悪くなかった。

　保存食を消費し尽くしたら街に戻る。街で保存食を仕入れ、また荒野に出る。繰り返すほどに効率は上がっていく。骸骨の出現ポイントをメモにとり、その場所を無駄なく巡《めぐ》って保存食の浪費を少なくし、少しずつ行動範囲を広げていく。

やがて、とうとう、ついに、新品の武器を買い揃えるだけのキャンディーが貯まった。

念願の「ライフル」を手に、荒野へ出た。うるるは背中の銃を素早く抜き放ち、構えた。

乾いた音とともに前方二十メートルほどの地面が小さく弾けた。

「えっ」

　三人の声が重なった。

銃口から濃い硝煙《しょうえん》が立ち昇り、さらに臭気でも存在感を主張していた。うるるの銃がベースにはなっているようだったけれど、細部が微妙に違う。銃身には「ライフル」とカタカナで刻印されていた。

ぽん、と肩を叩かれ、振り返ると疲れた表情のソラミがいた。

「うるる姉……自首しよう。少しでも罪軽くしねーと」

「なんで！　なにを！　なにが！」

「マジモンのライフルはちょっとアウトっしょ。この国の法に反してっし」

「ゲーム内！　ゲーム内だからセーフ！　ゲームの中で銃撃つくらい普通でしょ！」

「あ、骸骨来てる」

「ほら、いつまでもぐちゃぐちゃいってないで戦う！」

うるるはずっと実銃に憧れていた。玩具のコルク銃でなければ、プク・プックの護衛としてもっと良い働きができるのにと歯噛みしていた。今、その実銃がある。確かな重量、硝煙の匂い、引き金を引くという簡単な動作で物を破壊してしまう恐るべき兵器だ。

骸骨の群れの中には一際目立つ赤い骸骨がいた。

「なんだあれ。レアモンスターかな」

「れあもんすたーってなに？」

「普通より強くてお金とか経験値……このゲームならキャンディーたくさん落としたり、貴重なアイテム持ってたりする珍しいモンスターのことよ」

倒し甲斐がありそうだ。うるるは赤い骸骨に狙いを定め、引き金を引いた。弾丸は空に飛んでいった。二発目の弾丸も明後日の方向へ飛び、三発目の弾丸は地面を叩き、反動が大き過ぎて連射することもできず、あっと思った時には骸骨の群れが目前に迫っていて、こうなると弾丸で撃つより銃で殴る方が手っ取り早い。新しい武器を使って骸骨達をぶん殴る。当たれば砕け、振ればバラバラだ。武器の強さにそこそこ満足しつつ戦闘を終え、そこでソラミがぼそりと呟いた。

「うるる姉……狙い全部外してたよね？」

「うっさい」

「ホントは赤いやつ狙ってたよね？」

「うっさいっていってんでしょ。このライフル、反動が大き過ぎんの」

うるるの命中精度は置いて——ソラミと幸子が前にいる時はけっして撃つなと確約させられた——武器の強さは確かめた。スマホヌンチャクもナイフも強さは本物だ。これならいけるぞ、と既に発見していた新しいエリアとの境をぐるりと回り、見つけた関所で通行券を出して、新しいエリア「山岳地帯」に足を踏み入れた。荒野とは違い、上り下りや曲がり道があるためなかなか直線距離を稼ぐことができない。さらにモンスターが変わった。骸骨ではなく、筋骨隆々で二メートル超の人間に乱杭歯《らんぐいば》のような牙と鋭い角を生やした——そう、昔話に出てくる鬼のような生き物だった。

ボロボロの革鎧《かわよろい》に槍《やり》や槌《つち》で武装し、見た目だけでも骸骨よりは強そうだった。

「だけどね。うるる達、訓練された魔法少女の前では骸骨も鬼も同じだもん」

「うるる姉、誰にいってんの？」

「あ、来たよ」

牙を剥《む》き、怒りを露《あらわ》に向かってくる鬼五匹を迎撃する魔法少女三名。一分後、三名の魔法少女は山の中を逃げ惑《まど》っていた。

「なに!? なんであいつらあんなに強いの!?」

「スケルトンのすぐ後にあれってどういうバランスなんだか」

うるるが銃を振るっても悠々《ゆうゆう》と受け止められ、逆に鬼の攻撃をスマホで受け止めようとしたソラミは宙を舞うことになった。うるるが嘘を吐いてみても全く聞いてもらえない。

「オーガは鬼語を話しますとあるねー。うるる姉、鬼語使ってよ」

「使えるわけあるかー！」

鬼の一匹一匹が、魔法少女並に素早く、魔法少女よりも強い。今、背後から吠《ほ》えながら追いかけてきている鬼の群れはじわじわと離れているが、逆にいえば魔法少女の脚力でもじわじわとしか引き離すことができなかった。

「オーガはスケルトンよりはるかに強いですって魔法の端末にあるよ」

「はるかにって限度ってもんがあるでしょ」

鬼から逃げる途中で別の鬼に遭遇《そうぐう》し、更に逃げ、また遭遇し、また逃げ、最終的に五十を超える大集団から追い立てられ、どうにか街に帰ってくることができた。ソラミがいう「ゲームのお約束」なのか、鬼達は街の中にまで攻め入ってくることはなかった。

うるる達は酒場に入り、三人で顔を突き合わせて相談した。このままでは鬼には勝てない。山岳エリアの街で売っている新たな装備を買えばいいのかもしれないが、鬼に勝てないのでキャンディーが貯まらない。

不本意ではあったけれど、キャンディーを貯めるためにできることはわかっていた。三人は一つ前のエリアに戻り、スケルトン達を相手にキャンディー集めを始めた。たまに出てくる赤いスケルトンはより多くのキャンディーを落としていく。相変わらずうるるの銃撃は命中しなかったけれど、少しずつ少しずつキャンディーは溜まっていった。

一つ前のエリアに戻ってから五日後。ようやく新しい武器を揃えられるだけのキャンディーが貯まった。再び山岳エリアに入り、鬼と出会わないよう慎重に街を目指し、そして、とうとう、ようやく、新しい武器「ライフル+1」「スマホヌンチャク+1」「ナイフ+1」を購入することができた。

時間をかけた。手間をかけた。回り道をしてきた。それだけに感動があった。三人は酒場でワインを注文しようとし、だけどキャンディーが不足していたので水を注文し、静かに祝杯をあげた。ここから三人の逆襲が始まる。

一時間後、三人は山道を逃げ惑っていた。

「なんで⁉　武器が弱いから勝てなかったんじゃないの⁉」

「いや、これ実力差あきらかだわー」

「無理……無理だよ……」

百匹近くの鬼に追われた三人は酒場で話し合った。どう考えても鬼が強過ぎる。魔法少女の育成をするゲームのはずが、これでは育成される前にゲームオーバーだ。

「あたしらが弱過ぎる……とか？」

「栄誉あるプク・プック親衛隊が弱いわけなーい！　敵の強さがおかしいんだよ！」

「ひょっとして……戦わなくていい相手……だったりしない？」

幸子の言葉に、ソラミは「ああ、それがあるか」と手を打った。

「この手のゲームだとたまにいるね、そういう敵」

「ええと、よくわかんないけど戦いを避ければいいってことね？」

三人は戦士として動くことをやめ、斥候《せっこう》とか偵察兵とか、そういうものになりきって動いた。鬼とは正面きって戦わない。敵に見つからず、先に敵を見つけ、見つけた敵をやり過ごし、僅《わず》かずつであっても前に進む。

これによって鬼と戦わなくてもよくはなった。けれどそこからがまた大変だった。荒野と違い、山岳から次のエリアに進むためにはアプリ「翻訳くん」を見つけてこいとか、お使いをしろとか、「翻訳くん」を使って古文書《こもんじょ》を解読した上で謎解きをしろとか、同じ場所を行ったり来たりするようなことが多く、その道中で鬼と遭遇し、幸子の顔色はどんどん悪くなる。謎解きとか、そういうのはソラミに丸投げし、うるるは幸子のフォローにつとめた。あんたはすごい、あんたは立派、あんたがいなければみんな困ると褒《ほ》め称《たた》えてやっても幸子の顔色は一向に良くならない。

山の中をこっそりと隠れ潜《ひそ》みながら進み、亀のような足取りのせいでかかった時間は累計二週間、幸子の神経ももうそろそろ限界か、というところでようやく次エリアへ続く道が開通し、三人は次なるエリア「洞窟地帯」に入った。

ようやく鬼から逃げ続ける毎日が終わる。ほっとしたうるるの前に出現したのは、全長十五メートル、翼長三十メートル、銃弾を通さない分厚い鱗《うろこ》と岩石を噛み砕く強い顎と鋭い牙を持ち、灼熱《しゃくねつ》の炎を吐き出す竜だった。

逃げ腰でちょっと戦っただけで相手の強さが嫌というほど理解できた。うるる達は後ろを向いて逃げ出し、洞窟の入口から出、熱を感じ、横を見ると地面が焼け焦げ煙が棚引いていた。

「洞窟の外に出ればモンスターが追いかけてくることはありません。ですが、洞窟の外は常に衛星から狙われていてレーザーで狙撃されます……ってあるよ」

「ふざけんなあ！」

三人の魔法少女は洞窟に戻り、ドラゴンから逃げ惑った。一人逃げ遅れた幸子がドラゴンの爪に引っかかれそうなり、うるるは叫んだ。

「幸子！」

横合いから体当たりして幸子を弾き飛ばし、ドラゴンの爪は空を切った。直撃を避けるも風圧だけで吹き飛ばされそうになる。あれに引っかかれれば怪我では済まない。

うるるは前回りで一回転し、即起き上がり、ドラゴンの追撃を回避した。幸子も起き上がろうと地面に手をついた。かちり、という音が鳴り、幸子が手をついた場所がへこむ。あっと思った時には爆発が起こって幸子が吹き飛ばされた。

「幸子っ！」

爆発で吹き飛ばされた幸子は加速度をつけてごろごろと転がっていく。その先にあるのは尖《とが》った岩だ。

「幸子姉、あぶないっ」

ソラミが駆け、両手で突き、転がる幸子を突き飛ばした。幸子の転がる方向が九十度変化し、尖った岩を避け、幸子は崖から転げ落ちていった。

「さ、幸子おおおおおおお！」

崖下で意識を失っていた幸子をどうにか救出している間にもドラゴンと遭遇し、うるるは幸子を背負って走り出した。炎に炙《あぶ》られ、爪や牙を避け、ああこんなことが山岳でもあったっけと思いながら這《ほ》う這《ほ》うの体《てい》で街に逃げこんだ。

「どういうことなの……」

「知らないよ……」

「もう帰りたい……」

鬼はそれでも死ぬ気でやればどうにかというレベルの相手だった。ドラゴンは死ぬ気で戦っても死ぬだけですよねという相手でしかない。うるるはあれと戦おうとは思わない。

「誰だ鬼は戦わなくていい相手だから強いっていってたの……」

「うるる姉そうやって他人のせいにするよね……」

「もう帰りたい……」

どういう魔法少女がやることが前提に作られたゲームなのか。なりたての新人魔法少女が参加してもなにもできず終わるだけではないのか。うるるには理解できない。

「なにか……なにか抜け道が……」

「とりあえずショップ見てみる……？」

とりあえずで見てみたショップには新しい商品が置かれていた。武器、保存食、回復薬、通行券といったものとは別に「R」というよくわからないものが売られている。

「なにこれ？」

「えーっと……くじ引きみたいなもんらしいね。ランダムでアイテムが出てくるって」

「よし、じゃあ幸子やってみなよ。これで良いアイテムが出てきて、前に進めるようになるんじゃない？」

「うん……わかった」

エリアのクリアボーナスで貰った中からキャンディー100個を支払ってくじ引きの箱から紙切れを一枚引く。店の主人にそれを渡すと、保存食と交換してくれた。

「キャンディー100で保存食か……」

「まあ参加賞みたいなもんっしょ。商店街のくじ引きでティッシュもらう的な」

「もっとやれば良いもの当たるよね？　よし、幸子もっと引いちゃって」

幸子が良いアイテムを引けば、ここぞとばかりに褒め称えてやろう。そう思っていたのに、幸子が引いたのは四回連続で保存食だった。収支は当然マイナスだ。

「ちょっとソラミ。どうなってんの」

「当たりやすさなんてわかんないからなー。ソシャゲなら千回引いても当たりが来ないなんてざらにあるしさー」

「あの箱、中でインチキしてるんじゃないの」

「あー、あるかもね」

「ちょっと調べてきてよ。あんたの魔法ならできるでしょ」

「はいはいっと」

ソラミは「R」の箱に近づき、手を入れる部分の穴に手を当てて塞ぎ、ふっと上を見た。なにかに気付いたような、はっとした表情で三十秒ほど天を見上げ、いったいなにをしているのか、そこまで時間がかかるようなことかとうるるが声をかけようと伸ばした手を右手で払い、頷いた。

「わかったわ」

「わかった？　箱の中身が？」

「いや、箱じゃなしに。ゲームの中ってのはさ、要するに閉ざされた空間じゃん？　だったらあたしの魔法使えるわ。今気付いた」

ソラミの魔法は、プレゼントのリボンを解かずに中身を知ることができるというものだ。閉じたものであれば、箱でも、ディスクでも、小屋でも、マンションでも、なんでも完璧に中身を知ることができる。ゲームの内側に閉じこめられていても、閉じこめられているからこそゲームの全てを知ってしまう。

幸子がソラミの肩に両手をかけ、揺さぶった。半死人だった顔には赤みが差して生気が戻っている。瞳は希望に輝いていた。うるるもきっと似たような顔をしている。

「じゃあこのゲームはもう完璧にわかってるってことだ！」

「ちょっと幸子姉、揺らすのやめて」

「やった。やったやったやったやった！　攻略本片手どころかチートコード持ってゲームやるようなもんでしょ。じゃあもうクリアしたも同然でしょ。うるる達もさっさと帰ろうよ！」

「それがそうもいかないんだよね……」

ソラミは沈んでいた。浮かない表情だ。

「説明するより実際見た方が早いかな。走ればこっからすぐだし。んじゃついてきて」

いうなり走り出した。うるると幸子は顔を見合わせ、すぐにソラミの背を追った。ソラミは生まれながらの怠け者で働くことを嫌っている。でも、それだけに無駄なカロリーを消費しようとしない。ソラミが走るからにはちゃんとした理由がある。

魔法少女の足は速い。訓練されている三姉妹は、魔法少女の平均よりもずっと速い。その三姉妹の足でだいたい十分、ソラミの指示でドラゴンを二度ほど避け、着いた先にはソラミ曰く「ゲームやなにかでよく見る典型的な洞窟」が口を開けて待っていた。

「あたしの歩く後についてきて。罠とかあるから注意しといてね」

さっさと入っていくソラミについて歩き、十字路や三叉路《さんさろ》、もっと細かな分かれ道や隠し扉から隠し通路を抜け、宝箱のナンバーを一発でクリアし取り出した鍵で扉を開けた先にはとんでもないものがいた。

「なに……あれ……？」

「あれがグレートドラゴンだってさ。倒さないとダメなやつね」

部屋の中はプク・プックの持っている城より広かった。四方三キロか、五キロか、もっと広いかもしれない四角い部屋で、天井は五十メートルくらいでもやがかかって先が見えない。部屋の中央にどんと寝そべる巨大な生き物は、絵本や漫画、ゲームの中に出てくる竜そのもので、頭の先から尻尾の先までメジャーで測れば、たぶん、一キロを超えて二キロまでいく。翼を広げれば、きっともっと大きい。

「あ、部屋に入らないよう注意してね。一歩でも入ったら炎を吹くってさ。即死効果入ってるから当たれば問答無用で死ぬよ」

「えーっと……なにか特別なアイテムを使って倒すの？」

「いや、実力で真正面から戦うの」

「武器とか防具とか、強いのを装備すればいける？」

「チュートリアルモードだから+3修正までしかないよ。あれと戦う時はティッシュ一枚とティッシュ三枚くらいの違いがあるね」

その場でくずおれた幸子を引きずって洞窟を後にし、ソラミの案内で街に入り、マジカルキャンディーを払って街の酒場でワインを三杯注文し、席に着き、うるるは思いっきりテーブルを殴りつけた。ワインの表面が零れそうなくらい揺れている。

「ふっざけんなあ！」

「うん……マジふざけてんよね。今回ばっかはうるる姉正しいわ。全面同意すっから」

幸子は無言でワインを呷《あお》り、一息でグラスを空《から》にしてテーブルに突っ伏した。他の客や店員は気味悪げにうるる達に目をやり、すぐに逸らす。

「なんかチートとかないの？　裏技とか」

「チュートリアルモードだけあって単純な造りなんすわ。下手に内側からいじろうとしたらあたし達ごとゲームデータぶっ壊れとか普通にあり得っからお勧めできないねー」

幸子が黙ってうるるのワインを手に取り、一息で飲み干し、また突っ伏した。うるるはちらりと幸子を見、慰めるのも面倒くさくて放っておくことにした。

「レベルアップとかそういうのはないの？」

「このゲーム、キャラクターのレベルって概念無いから」

「クリティカルヒットで一発ケーオーできたりしない？」

「百万分の一の確率でダメージ通して、もっかい百万分の一の確率抜ければ即死ダメージになるけど、あたしはそれ試すのやだからね。たぶん触る前に焼かれて死ぬし」

「超強い助っ人NPCがどっかにいたりとか？」

「いねーいねー。そもそも訓練用シミュレータにそんな救済措置いらないっしょ」

「帰れないとうるるは困るんだよ！」

「困るのはこっちも同じだってば」

どん、とテーブルが揺れた。見れば、ソラミのグラスも空になっている。さらに幸子は空のワインボトルを右手に持ち、その尻をテーブルに打ちつけていた。幸子の顔が赤い。目が据わっている。

「幸子……あんた、ちょっとこれ一本空けて……このワイン、魔法少女にも効くの？」

「そりゃうるる姉、魔法少女用の訓練シミュレータだもの。アルコールだって効くっしょ」

幸子はバサバサとテーブルの上に紙を広げた。幸子の魔法を発動する時に必要な契約書だ。これにサインをした者は一時的にとんでもない幸運を得るが、すぐにとんでもない不幸に見舞われ、死ぬことになる。

「これ、使おう」

目が据わっているだけでなく、声までふてぶてしい。

「使うってあんた、使ったら死んじゃうでしょ」

幸子は「ふん」と鼻を鳴らして周囲を見渡した。

「モンスターに使えばいいじゃん」

「モンスターがわざわざ契約してくれるわけないでしょ」

幸子はうるるに人差し指を突きつけた。

「あんた騙すの得意でしょ。魔法でテキトーにいいくるめて、ドラゴン倒せば大金が手に入るでもドラゴン倒せば世界が救われるでもなんでもいいからはったりこいて、鬼かき集

めてグレートドラゴンに向かわせりゃいい」

ソラミは両掌を前に出し、いいにくそうに、幸子を宥めようとした。

「いやでもね幸子姉。うるる姉がいくら騙そうとしても言葉が通じなきゃ」

「なんのための翻訳アプリだよ！　わかれよ！」

酒瓶でテーブルをどつかれ、うるるとソラミは「あっ」と顔を見合わせた。

◇◇◇

うるるは翻訳アプリを使って山岳エリアの鬼達を「ドラゴンを倒せば全てが手に入る。ドラゴンを倒すためにはこの契約書に一筆よろしく」と騙し、幸子の契約書に署名させた上で洞窟エリアへと導いた。雲霞《うんか》のようにたかる鬼の群れは、尻尾に薙《な》ぎ払われ、炎で焼き払われ、しかしそれらの攻撃を避けた一匹が、幸子の魔法でとびきりの幸運がのっている一撃によって巨大なドラゴンを倒した。

無事ゲームの外に戻ってきたうるる達を三人の魔法少女が出迎えた。「仲良しになったんだよ」「ねー」と楽しそうにおしゃべりするプク・プックとトットポップ。一人離れた場所で椅子にへたりこんだキークは「納期が……納期が迫ってくる……」と頭をふらつかせていた。彼女達になにがあったのかを気にする余裕は三姉妹に残されていない。

「三人ともゲームクリアしたのね？　じゃあこのアンケートお願いってキークちゃんが」

「R」の当選率を上げろ、難易度下げろ、NPCがムカつく、クソゲー死ね、そういったことを感情を込めてガツガツと紙に書き綴《つづ》り、オール一点で呪いの文句——こんなゲームをやらされる人がかわいそう、悪意しか見えない、製作者は反省しろ——のみが書き連ねてあるクロスレビューをこしらえ、三人は揃って溜息を吐いた。

三姉妹が揃ってゲームをすることは、この日以来一度として無かったという。

我らのリアルは充実しているか？

『魔法少女育成計画JOKERS』の
物語が始まるそれなりに前のお話です。

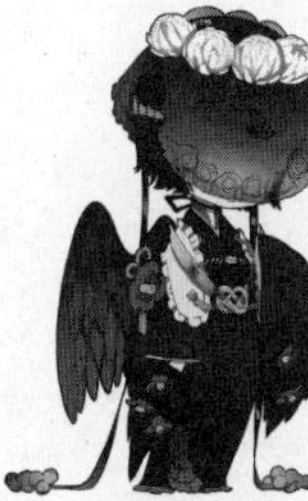

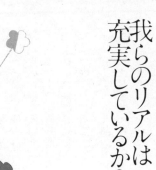

「最近良い仕事がなくて」

溜息混じりの一言に、メニューを回し見しながら「これは不味《まず》い」「これは意外とアリ」と真剣な顔で論じ合っていた三人は、声の主――カフリアに目を向けた。

「良い仕事っていうとなんでしょう？」

カフリアは鼻で笑ってカップを傾けた。コーヒーはもう冷めてしまっている。

「そりゃお金がたくさんもらえる仕事よ。それ以外に良い仕事ってある？」

「お金ねえ……それよりもっとこう華のある……そう、出会いのある仕事とかどうです？」

「出会い？　男はもういいわ」

三人はそれぞれに苦笑いを浮かべた。カフリアはソーサーの傍らに置かれていた空のシュガースティックを指で弾き、テーブルの隅へ飛ばした。

「枯れてんなあ、カフリアは」

「枯れもするわ」

「でもやっぱり出会いですよ。それこそ玉の輿《こし》にのればお金についての問題も一緒に解決するじゃないですか。いや、カフリアさんに出会いがないのは知ってますけど」

カフリアは手に持ったカップをきつめに置こうとし、下唇を軽く噛んでから大きめのソーサーにそっと着陸させた。力任せに置いてはカップもソーサーも、下手をすればテーブルまで壊れてしまう。そうなれば出入り禁止だ。

ここ、某県某市のコスプレ喫茶「マジカルティータイム」は客にも衣装を貸し出していたが、持ち込みの許可不許可については明言せず、しかし禁止もしていない。常識の範囲内でとか、反社会的なものを除くとか、そういった最低限度の注釈さえない。ファジーでいい加減なルールだからこそ、魔法少女が変身したままこっそり利用することができる。

そんなカフェは日本全国探してもここくらいだ。出禁になるのはもったいない。

紙の輪を連ねて作った飾り、ぬいぐるみ、フィギュアの並ぶ棚、今季のアニメのポスター、十年前のアニメのポスター、二十数年前のアニメのポスター、雑然と物が置かれる中でアニメキャラのコスプレをした女の子が客と笑い、口ヒゲに蝶ネクタイのマスターが黙々と皿を拭いている。その中にぽつぽつと魔法少女達が混ざる。客も店員も「すごいコスプレだなあ」「あの衣装どうなってんだ」と思いながらも、それを口にすることはない。写真を撮ってもいいかと許可を求められるくらいはたまにある。

一呼吸を挟み、心を落ち着けてからカフリアは続けた。

「私にだって出会いの一つや二つはありました。二年か三年くらい前に広報部門のパーティに潜りこんだ時の話なんだけど」

「二年か三年？　それ、相当前じゃないですか？　それ以降なにも……」

「確かにツッコミ所ではあるけど今はカフリアの話聞こうや。それでどうなったんだよ」

店内に流れるＢＧＭがバトルアニメのオープニングテーマからラブコメディのエンディ

ングに変わった。しっとりとしたバラードを背景にカフリアは話し始めた。

「いかにも業界の人って感じの男がやたらと私にひっついてきて。アニメに出るような軽薄な魔法少女達では持っていない『和』の美しさがある、あなたこそが日本の魔法少女と呼ぶにふさわしい、なんてベタ褒めで。後で聞いたらけっこう偉い人だったらしいわ。『魔法の国』出身じゃないけど、業界じゃちょっとした顔だって」

「おお、すごいじゃん。次代のアイドルは君だ、的な話か」

「いえ、アニメにはちょっと向いてないかもなって言葉を濁してたけど」

「なんだよそれ」

「だって私がアニメに向いていると思う？」

「ああ……うん、まあ今の流行って感じではないかもな」

「でも個人的に仲良くしたいから連絡先を交換したいって」

「なんというか、色々と正直な人ですねえ」

カフリアは笑みを浮かべた。顔の大半が隠れているため、目や頬ではなく口で笑う。

「出鱈目《でたらめ》の連絡先教えてやったわ」

「ええっ……なんでまた」

「魔法少女としての姿を褒めてくれた男とお付き合いするようになって、人間に戻った時の姿を見られたら詐欺師扱いされてフられたなんて話、いくらでも聞くでしょう？」

「ああ……確かにそうだな」

「でも滅多にない良い出会いだったんじゃないですか？　別に人間の顔見せなくてもいいじゃないですか」

「自分ができないものを他人にやらせようとするのやめなさい。ああ、嫌なこと話すと喉が渇くわ。すいません、店員さん。『世界の果てのミルクセーキ』追加でお願いします」

アニメキャラの扮装に身を包んだ店員が持ってきてくれたカップがテーブルの上に置かれると、それを素早く横から掻《か》っ攫《さら》った者がいる。大きなアフロヘア、しかも銀色というファンキーなヘアスタイルに典型的魔法少女のファンシーなコスチュームという奇怪な組み合わせで店内の誰より目立っていた少女は、ファッションセンスに似合わない優雅な仕草でミルクセーキを傾けた。

盗られたカフリアは唇を曲げて不満の意を表した。

「アウロ、なんであんた私の頼んだミルクセーキとっちゃうの」

「あら？　カフリア、私のために注文してくれたんじゃなかったの？」

カフリアとアウロの遣《や》り取りを見ていた他二名は声を揃えて笑い、カフリアは唇を尖らせてみせた。実際は態度ほど腹を立てていないし、それは皆わかっていることだろう。

今日、ここに来ている魔法少女は四人。全員がフリーランス――どの組織にも属することなく魔法少女業を飯の種にしている職業魔法少女だ。

「魔法少女業界で男に守ってもらおうなんて温《ぬる》いにも程があるわね」

カフリア。「集団の中で一番最初に死ぬ人間が誰かわかる」という魔法を使う。この魔法について説明すると決まって嫌な顔をされる。嫌な顔で済めばマシな方で、逃げられたり怒鳴られたりも珍しくない。喪服《もふく》風というコスチュームは個人的に気に入っていたが、華やかなイベントに参加した時は大変に悪い目立ち方をしてしまう。

「んなのどうせ後付けの理屈だろ。さっさと付き合っちまえばよかったのによ」

狐《きつね》面を斜にかけた和装の魔法少女「コクリちゃん」は「小銭を自在に動かす」という魔法を使う。一度に一枚しか操ることができず、しかも人間が早足で歩く程度の速度しか出せない。「思うままコックリさんを進行させる」以外の使い道は無いに等しかったが、意外と迷信深い彼女は「そんなことしたら呪われそうだろ」と魔法を悪用することはなかった。

「なんか酸っぱい葡萄《ぶどう》的な感じがしなくもないですよね」

長ネギ型の髪留めでツーテールを縛っている緑髪の魔法少女「葱乃《ねぎの》」は、葱に関するイベントでは他の追随《ついずい》を許さない葱系魔法少女だったが、そんなイベントは年に一度あればいい方だそうだ。彼女の「葱の匂いを発生させる」魔法は、葱の匂いを楽しみたい時はなにより役に立つ、と本人は主張している。それに対するツッコミを合わせて一つのネタだ。

「魔法少女と普通の人間がお付き合いしたってどうせ不幸にしかならないでしょ」

大きな銀色のアフロヘアが自慢の魔法少女「アウロ」は、そのまま「魔法のアフロ」を持つ。彼女のアフロヘアは魔法の守護によって、けっして乱れることがない。魔法の端末や筆記用具といった小物を髪の中に仕舞いこみ、用事がある時に取り出していたが、そんな使い方をしてもアフロとして完璧な形状を維持し続けている。アフロが大き過ぎて狭い場所では鬱陶しい、というのは、本人ではなく周囲の感想である。

どこにも所属せず魔法少女業で飯を食っているフリーランスに対し、魔法少女社会からの風当たりは強い。無償の人助けを頑張り、生活資金《もうじゃ》は魔法少女以外で稼いでいる「普通の魔法少女」から見れば、奉仕を否定する金の亡者だ。各種部門に所属し「魔法の国」から給料を貰っている「サラリーマン魔法少女」には「だらしなく」「意地汚く」「がめつく」「正職につけるほどの能力はない」愚連隊《ぐれんたい》と蔑《さげす》まれている。

丁重に扱われるのは、ごくごく一部のスペシャリストのみだ。その他大多数は「正式な給料取りになることはできなかった半端者」と見做《みな》され、馬鹿にされながらも必死で日銭を稼いでいる。

無能なわけではない。これは強がりではない。無能な魔法少女はフリーランスで生きていくことはできない。騙されたり使い捨てられたりが日常茶飯事で行われているこの業界で生きていくためには能力が必要だ。

葱乃とアウロは、暴力サークル「魔王塾」の卒業生だ。葱乃は一万メートル走でトップ

6入り、アウロは腕相撲選手権でベスト8に残ったことがある。それだけの実力があっても、見た目が滑稽で、失笑を催す魔法を使うため「四天王」や「八部衆」という魔王塾内の小サークルに誘われることはない。

コクリちゃんは、試験の厳しさで知られる魔法少女「森の音楽家クラムベリー」に認められて魔法少女になった。「貴女は熱狂しつつも自分を俯瞰《ふかん》から眺め、高い身体能力と優れたセンスで常に最善手を選択する。これは戦場において最も必要とされる才能です」とクラムベリーに激賞されたらしいが、だからといってスカウトが来ることはなかった。

カフリアもそうだ。他の三人ほど腕力に自信があるわけではないが、それでも魔法少女の平均以上の身体能力は持っており、加えて背中の翼を使っての飛行に関しては他の追随を許さない。ドッグファイト、高所からの監視、隠密飛行、アクロバット、なんでもできる。戦闘能力だけではない。情報分析に交渉技術、事務の技能まで、後方任務のスキルだって備えている。

四人の共通点——一人につき一つ持つ、特別な魔法が「しょぼい」ことが結束するきっかけとなった。雇われた仕事場でお互いの魔法を知り、それを愚痴りあったりし、仕事が終わっても定期的に顔を合わせるようになり、一人、二人とキャリアや年齢を超えて増えていき、今ではちょっとした小集会のようになっている。

自分の魔法が馬鹿にされるものでしかないと知っているからこそつながりを密にする。

早い者勝ち一名まで、などというものはともかくとして、何人までという仕事があれば仲間同士で情報を交換し合い、お互いに融通することで皆が得をするネットワークを構築する。定期的な給料を保証してくれる者がいない以上、自分達の身を守るのは自分達以外にいない。マジカルティータイムで「魔法を馬鹿にされた」「見た目を笑われた」等々、愚痴をこぼし合っているだけでも意味はあるのだ。

「私もストーカー被害にあったことあるわ」

「アウロのストーカー……アフロフェチか？」

「惜しい。髪フェチよ」

「だから男は嫌なのよ」

「いや、男じゃなくて女。魔法少女のストーカー」

「女も嫌ね」

「カフリアさん、もう性別関係なく人間全体が嫌な感じになってません？」

「葱乃は若いから人間の醜さを知らないのね」

「あなた私と同い年でしょうに」

「それよりアウロのストーカー、結局どうなったんだ？」

「勝手に私のことストーキングして、勝手に私のことフったわ。あなたの髪はとても美しいのですが私の趣味からは少し外れますねなんてことといって」

「酷え」

「酷いわ」

「酷過ぎますね」

四人は揃って溜息を吐き、目の前にある飲み物を一口啜《すす》った。カフリアだけは飲み物が無かった——アウロに盗られていた——ため、コップの水で喉を潤《うるお》した。

「やっぱり色恋沙汰よりお金ね」

「美味しいお話どっかに転がってたりしませんかねえ」

「人事は臨時で人集めてるらしいけど、あそこはどうなんでしょ」

「お給金はけっこう貰えるって」

「じゃあチェック入れておいた方がいいな」

「研究部門はどうなんです？」

「偏見かもしれないけど……実験体扱いされそうよね」

「ああ、それはあるわ」

「私達全員、魔法がレアだから」

「変身前を知られたくないなんていってさ、変身後を知られても恥かくって悲しい話だな」

今度は全員で声を揃えて笑った。苦笑いが正しいかもしれない。

それからしばらく過去にあった実入りの良い仕事について話し、いよいよ景気の悪い話しか出てこなくなり、アウロが自分の髪を右手で摘《つ》まみ始めたのを潮《しお》に解散した。アウロには、話に飽きてくると自分の髪をいじる癖がある。他の三人もそれは承知していて、アウロの集中力の無さを笑いつつも受け入れていた。

カフリアはショールを羽織って羽を隠すという最低限度の格好で店を出た。こういう時、気の利いた魔法少女は人間に戻ってから家に帰る。なぜカフリアがそうしないのかといえば、着替えるのが面倒だし洗濯物が増えるのは嫌だからとパジャマのまま変身して出かけてきたからだ。そのため魔法少女の姿で帰るしかない。

喪服モチーフとはいえ、喪服そのものではない。こんな格好をしている人間が街中を歩いていれば大変に目立つ。たとえヴェールを外したとしてもコスプレ喫茶の外では通用しない。しかしカフリアはこれで通す。理由は面倒臭いからだ。「人目についても構わないから空を飛んで帰ろう」などと思わないだけ良識はある方だ、と虚しく自賛している。

カフリアを見て囁《ささや》き合う高校生がいる。「あらまあ」と驚いた顔の老婆がいる。大きな声を出して指差そうとしている子供は母親に押さえられている。ここでヴェールを捲《まく》って顔を見せれば陰口は賞賛の混ざった驚きの声に変わり、魔法少女になったばかりの頃であれば、カフリアの自尊心を満足させてくれただろう。

今はそうしようとは思わない。もう飽きてしまったからだ。

仲間と話す内容も年を経るごとに変化してきた。給料取りの魔法少女は、束縛されて自由を奪われた可哀想な魔法少女だ。フリーランスこそが魔法少女のあるべき生き方であり、魔法少女が持つべき自由を持っている。昔はそんなことを話していた。

今、そんなことを話す者はいない。給料取りは羨《うらや》ましい存在で、できることならそうなりたい。なれないから仕方なくフリーで目を皿のようにして割の良い仕事を探している。

バス停に並んでバスに乗り、周囲から注がれる視線は無視。右側前から二列目窓際の座席が空いていることを認め、そちらに向かって歩き出そうとしたところで肩をつかれた。

「これ、落としましたよ」

中学生くらいの男の子だった。カフリアの異様な風体《ふうてい》をまるで気にすることなく、自然な笑顔でハンカチを差し出している。柄に見覚えがある。カフリアの物だ。

「あら、ありがとう」

礼をいって受け取り、座席に座って目を瞑《つむ》った。瞼の裏には、カフリアを「『和』の美しさがある」と評した広報部門の男が浮かんでいた。

さっき、仲間達三人には冗談めかして話したが、実際はもっとくよくよ悩んでいた。男はカフリアの良さを褒め称えはしたが、「なら私もアニメにしてもらえるのかしら?」と訊ねると、はっきり首を横に振って否定した。アニメには向いていないといい切った。

カフリアはその言葉に腹を立てたが、後になって思ってみれば、むしろ誠実な態度でさえあった。魔法少女の華やかさの結晶ともいえる広報部門所属の魔法少女達を見慣れている男が、カフリアのことを仕事抜きで褒め称えてくれたのだ。連絡先を教えてやればよかったのに、と何度思い、何度否定し、何度悔やんだか、数える気にもならない。

カフリアは首を横に振った。カフリアの格好に臆せずハンカチを拾ってくれた少年からカフリアの見た目を褒めてくれた男にまで想像を飛躍させるのはあまりにもあまりだ。

窓の外に目を向けた。薬局の前でカエルの人形が倒れている。

魔法少女になった当初の思いはもう忘れた。自分の魔法がハズレなんじゃないかと気付き始めた頃のことは覚えていなくもなかったが、思い出したくはないので考えない。

カフリアはバスの中に視線を戻し、ヴェールに隠れた右目を軽く眇《すが》めた。

休日ということもあってかバスの中はほどほどに混雑していた。カフリア含めて老若男女が座席に座っている。髑髏《どくろ》マークが頭の上に浮かんでいたのはすぐ前の席に座っている中学生くらいの男の子だった。ハンカチを拾ってくれた少年だ。さっきは一対一で対面し、視界内にはほとんど彼だけだったから髑髏マークもスルーしていた。だが他の人間が視界内にいても、彼の頭上には依然として髑髏マークが浮かび続けている。

カフリアにとって髑髏マークは風景の一部に過ぎない。いちいち気にしていたら生きていけない。だが、年若い人間の頭の上に浮かんでいるとやるせない気持ちになる。親切にしてくれた相手なら猶更だ。「人間は年齢順に死んでいけばいい」と思っているわけではないが、視界内には彼より年上の人間が大勢いる。少年の親くらいの年齢の男女が歩いていた。杖をついた老爺《ろうや》がバスを降りようとしている。それに手を貸している老婆、少年の横を通り過ぎ後ろの席へと歩いていく老人、視界内にはたくさんの人間が詰めていて、それで一番最初に死ぬのがあの少年というのは、やはりやるせない。

溜息を吐いた。

髑髏はけして絶対的な存在ではない。髑髏のことを知る者――カフリアが介入することにより、未来は変わるかもしれない。変わらないかもしれない。より悪い方に変わるかもしれない。どんなことをすればどんな結果になるかはカフリアにもわからない。だがなにもしなければ絶対に変わらない。

それでも介入しようとは思わない。このまま少年についていって陰ながら見守り続け、難病を患《わずら》う前に検査に行かせたり、事故が起こりそうになったら引っ掴んで空へ飛んだり、そういうことをすれば少年の頭上に浮かぶ髑髏マークは消えるかもしれない。しかし、今度は別の誰かの頭上に髑髏マークが浮かぶことになる。一人一人助けていったとして、カフリアの人生はどうなるのか。この少年一人に限ったとしても、死ぬのが十秒後なのか十年後なのかはカフリアにさえわからないのだ。

だからカフリアは助けない。嫌な気持ちになりながらも見なかったことにする。

スーパーの前でバスが停車し、降車客と乗車客が入れ替わった。乗る人数が降りる人数より多く、バスの中の人口密度が上昇する。冬でも、否《いな》、暖房のきつい冬だからこそ、暑苦しい。カフリアはヴェールをはためかせて顔を煽いだ。

バスが発車した。カフリアは再び前に目を向け、ヴェールの下で顔を顰《しか》めた。これは
奇妙なことが起きている。前の席に座る少年の上に髑髏が浮かんでいる。これは先程まで先程までと変わらない。その隣に座っている二十代くらいの女性にも浮かんでいる。通路を挟んで隣の席に座っている高校生くらいの女の子二人組の頭にも浮かんでいる。

カフリアの魔法はゼロコンマゼロゼロゼロゼロゼロ……秒の単位まで厳密に計測するわけではない。今までの経験から「だいたい一秒以内に死ぬ人は同時」としてカウントされ、同時に死ぬ人が複数いる時は全員の頭の上に髑髏が浮かぶことがわかっている。

女の子二人は知り合いのようだが、少年と女性はただ乗り合わせただけのようで特になにかを話しているふうでもない。カフリアはヴェールの下に手を入れ、目を擦《こす》ってもう一度前を見た。少年、女性、女の子二人、四人の頭の上に髑髏が浮かんでいる。ここで気付いた。さらにもう一人、髑髏を浮かべている人間がいた。運転手だ。

不自然過ぎる死の順番は、ある意味未来視にも通じる。事故だ。燃料タンクやエンジンの爆発？　位置が違う。どこかから落ちる、なにかにぶつかる、爆発に巻きこまれる、なにが起こるとしてもとんでもないことになる。

カフリアは手を伸ばしてブザーを連射した。なにがなんでも早急に降りなければならない。このバスがどんな災いに見舞われるのか、具体的なことはわからないが、なにかが起

こることは間違いなかった。漫然とここに座っているわけにはいかない。

ブザーを連射しながら叫んだ。

「すいません！　お腹が痛いんです！　すぐそこに病院が！」

前に進み出、持病の差し込みが、いやひょっとして陣痛かもと滅茶苦茶に騒ぎ立てた。こういう時のコツは、面倒臭いやつだと思ってもらうことだ。ほどなくしてバスは路肩に停車し、カフリアは料金を支払ってバスを降りた。降り際、振り返ると髑髏マークは依然として複数浮かんでいた。

「くわばらくわばら」

呟き、そそくさとその場を後にした。

◇◇◇

五分後。

バスは中学校前のバス停で停車していた。平日であれば、学校帰りの学生達がずらずらと乗り込んでいくことだろう。今日は休日であるため、一人二人くらいが降りる程度だ。

しかしバスはそこから動こうとしない。コクリちゃんがバスの後部に取りつき、五百円玉を両替機の内部で繰り返し往復させ、ジャラ銭を溢れ出させているからだ。運転手は慌てて会社に連絡し、客はざわめき、両替機はコクリちゃんの魔法によってマーライオンのように小銭を吐き出し続け、吐き出した小銭は床に転がり、親切な客が拾ってやっている。

カフリアは上空からバスの様子を確認し、妨害工作が上手くいったことに満足した。

昼日中から空を飛べば、たとえ高速で飛行したとしても目撃される機会は増える。「魔法の国」は魔法少女が怪奇現象、都市伝説として記録に残る事態を好まない――が、非常事態である今現在、細かいことに拘《こだわ》ってはいられない。

バスはコクリちゃんに任せておく。なにか起きそうだと思ったらすぐ逃げろとは伝えてある。彼女ならその辺間違えることはない。今は少しでも時間稼ぎをして進行を遅らせる。

腹痛を訴えてバスから降車した直後、カフリアはさっきまで一緒にいた仲間に集合をかけた。バスという頑丈かつ大きな乗り物が事故にあうとして、前の方に座っている人間がほぼ同時に死ぬというのは尋常なものではなく、カフリア一人では防げないかもしれない。必要なのは魔法少女の頭数だ。いつだって数は頼りになる。

カフリアは上空からバスの正規ルートに沿ってバスの事故原因になりそうなものを探し、すぐに見つけた。大通りをこちらに向かって走っている。法定速度は超え、なおかつ蛇行《だこう》運転をしている。タンクローリーだ。カフリアは高度を落としてフロントウィンドウから中を確認した。運転手が舟をこいでいる。あのままではバスとの正面衝突を避けたとしても、どこかで大事故を起こす。カフリアは再び高度を上げ、タンクローリーを追いながら魔法の端末でアウロと葱乃に指示を飛ばした。

「原因と思しき車両を発見。居眠りのタンクローリー。そこから見える?」

葱乃が歩道からタンクローリーに掌を向けたのが見えた。長ネギの臭気は刺激が強く、気付けの効果がある。俯いていた運転手が顔を上げた。車内に長ネギの匂いが充満していて、どうして寝ていることができるだろうか。ただ一つの問題は、どうやら葱乃は気合を入れ過ぎていたらしく、運転手が激しくむせ返った。タンクローリーが二車線の道を蛇行している。横を走っていた軽自動車のハンドルも乱れた。軽はどうにか運転を立て直して路肩に停車したが、タンクローリーの方は完全に暴走している。覚醒させたまでは良かったが、あれはあれでとても良くない。

と、タンクローリーの前に白銀色の球体が飛び出した。アウロだ。上空から見下ろしているとアフロ部分が大き過ぎて彼女の髪しか見えない。

アメフトのような前傾姿勢で頭を前面に出し、アウロは猛スピードのタンクローリーを真正面から受け止めた。アウロの髪は、いついかなる時でも見事なアフロヘアだ。アウロ曰く、炎にまかれてアウロ自身が燃え尽きようとも髪だけは残る。タンクローリーの正面衝突を受けてさえ、髪はダメージを受けることなく、柔らかく止めてしまう。だが、勢いまでは殺し切れず、髪越しにバンパーを掴んだまま恐ろしい勢いで後退していた。

葱乃が車道へ飛び出しアウロの背後に取りついた。上空から急降下したカフリアが更にその後ろについた。三人の魔法少女が全力でタンクローリーに抗《あらが》い、恐らくは運転手もブレーキを踏んだのだろう。ブレーキ音が鳴り響き、たっぷりのタイヤ痕《こん》をつけて停止、アウロ、葱乃、カフリアは素早く道路脇へと走り、近くのビルを駆け上がって屋上に退避した。

周囲では自動車が停車し、人が集まっている。パトカーなり救急車なりもやってくるだろう。タンクローリーの運転手は外に出て苦しそうに咳きこんでいた。

葱乃が笑った。

「ちょっと匂い強くし過ぎましたね」

「笑いごとじゃないでしょう」

「まあまあ結果オーライってことで。しかしタンクローリーの運転手が寝不足とかヤバ過ぎるでしょう。会社の方が相当無茶させてるんじゃないですか？」

アウロが口元に手を当て微笑んだ。

「上手い事立ち回れば実りあるお仕事になるかもしれないわ」

「そういうのは後で考えればいいでしょ。私はバスの方見てくるから」

カフリアは飛んだ。バスの中の髑髏マークを再確認するまでは、未だ安心できない。バスの方へ向けて空を飛びながら、薄く微笑んだ。魔法を使って人助けをしたのは久々……いや、まともに成功したのは初めてかもしれない。葱の匂いや硬貨の操作、大きなアフロも絡んでのこととなれば、あと三度生まれ変わっても起こらない珍事だろう。次回の会合では自分達の魔法をいかにして人助けに使うか、なんてことでも話してみればいい。

監査部門の妖精

『魔法少女育成計画limited』の
物語が始まる前のお話です。

その日の監査部門は朝から大変に慌ただしかった。外部から聴講生を招いての逮捕術講習というイベントのため、職員一同かり出され、道場の畳一枚一枚を剥《は》ぎ取って掃除し、他にも食べ物飲み物の準備、プログラムの確認、来賓席の設営、その他様々な雑事のため座る暇さえなく働かされた。

上が思いつきで始めたことによって一番被害を被《こうむ》るのは現場だ。監査部門では部門長から末端の捜査員に至るまで愚痴や文句や不平不満を表に出すことなく、面倒なことをやらせやがってという思いを胸に抱いたまま粛々《しゅくしゅく》と準備をしていた。

そこへ予期せぬ知らせがもたらされた。

誘拐事件の発生。犯人は魔法少女。場所は南米某国の地方都市だ。

ただでさえ慌ただしかったところへ大きな事件が起こった。監査部門は人間界、「魔法の国」を問わず、魔法少女の関わるあらゆる犯罪を捜査する権限を持ち、そこには逮捕権も含まれている。犯罪が起これば警察的役割を担《にな》わなければならない。部門全体が上を下への大騒ぎとなり、そこへまたまた大変な知らせがもたらされた。

銀行強盗事件の発生。犯人グループは全員魔法少女。場所はニューヨークだ。

もはや逮捕術講習どころの騒ぎではない。監査部門は魔法少女社会のおまわりさんと呼ばれてはいるものの、人間社会に比べて犯罪発生率が遥かに低いこともあり、派手な捕り物はそうそうあることではない。

それだけに職員は皆慌てた。

「頭数半分に割るんよ！」

「羽菜《はな》さん、強盗《たたき》の方お願いします！　そっちはビーム撃つ時に技名叫んだ魔法少女がいるそうです！　魔王塾崩れの可能性があります！」

「足用意して、足！　魔法の絨毯《じゅうたん》倉庫から出してきちゃいなさい！」

「班長、マジカルドラッグの在庫なら保管所に！」

季節外れの嵐が来たような大騒ぎの中、魔法少女と現場指揮官の魔法使い達は次々と飛び出していき、普段は受付をするはずもない立場の部門長、副部門長といった役付きの魔法使いのみが残された。そして監査部門の事情など知らない聴講生達は続々とやってくる。

そうなれば役付きが不慣れな受付役をやらざるをえない。魔王塾の塾生だったり、外交部門のエージェントだったりという血の気の多い聴講生が「そんなに大変なら私が事件の方をお手伝いしましょうか」などとしゃしゃり出てきて、より面倒を増やしてくれる。

遮二無二《しゃにむに》応対してお帰りいただき、ようやく聴講生がいなくなった頃には、太陽が頭の真上にまで昇っていた。事件の方はまだ解決していないため、むしろここからが本番となる。兵士達が全力で戦うためには、しっかりとした司令部があってこそだ。慣れない受付業務を終えた役付き達は、オペレーターの手伝いや本部設営等各種雑用をすべく事務所の方へと走っていった。監査部門は緊急時にフレキシブルな役割分担ができるのだ。

◇◇◇

魔法少女刑務所勤務の看守魔法少女「フィルルゥ」が逮捕術講習を受けようと思い立った理由は一つではない。建前寄りの理由が一つ、本音寄りの理由が一つ、合計で二つだ。

建前寄りの方は、逮捕術を学び、自身の戦闘能力を磨き、看守としてより高みを目指したい。本音寄りの方は、逮捕術の講習を受けて免状をもらってくれば現在の基本給に五千円分の特殊技術料が上乗せされるようになる。

機能を集中させておきたいという名目からか、魔法少女の各部門は日本の首都圏に配置されていることが多い。ビルの間を四十五回往復するとか、路地裏で十一分半逆立ちするとか、奇妙不可思議なトリガーでしか入口を見つけることができないのだという。

監査部門もそういった機関の一つだったが、面倒な儀式を抜きにして長距離移動用のゲートを使えば部門間を移動することは容易《たやす》い。

アメリカの刑務所で働いているとはいえ、日本出身で現住所も日本、ゲートを使って頻繁に日本とアメリカを行き来しているフィルルゥにとっては、里帰りどころか小旅行程度の感慨もない。一応刑務所の同僚にお土産でも買ってから帰ろうかな、くらいのものだ。

まずは生体認証で掌をあて、その後パスワードを入力、メモ書きしておいた監査部門のナンバーを打ち込み、刑務所にある魔法のゲートを潜《くぐ》った。現代魔術の粋を結集して開発された魔法のゲートは、一見すると武骨で無粋なコンクリ造りのアーチ門にしか見えないが、各地に点在する重要拠点を瞬時に行き来することができる。

門を潜り、光に包まれ、すぐに光が薄らぐ。さっきまでいた刑務所とは全く別の建物の中にいる。が、様子がおかしい。門を出てすぐの窓口で説明をしても、目つきと佇《たたず》まいに威圧感のある二人組の受付魔法少女は「そんなイベントは聞いていない」の一点張りで、問い合わせてみるからとソファーに座らされ、それから一時間半待たされた挙げ句の回答が「ここは監査じゃなくて外交部門ですよ」だった。

なんでそんな根本的なことを教えてもらうために一時間半もかかるんだと憤慨《ふんがい》したが、外交部門の受付に鬱憤をぶつけたところで事態が好転するわけはない。それに、ぶつけるには相手の威圧感が怖い。そもそもゲートの設定を間違えて目的地でない場所にやってきてしまったのはフィルルゥ自身だ。問題を解決できるのはフィルルゥ以外にいない。

交渉の結果、外交部門に設置されていた魔法のゲートを使わせてもらえることになり、インターフェイスの違いに苦戦しながらマニュアルと首っ引きでどうにか設定、ゲートを潜った。出た先は外交部門の重々しい雰囲気とは違って華やかで、フロアを行きかう人々もまるでモデルか芸能人かという光景に、フィルルゥは「なるほど、外交部門や刑務所とは違う」と感銘を受けて窓口で事情を説明したところ「ここは監査ではなく広報部門ですよ」という回答が返ってきて、そりゃ行きかう人も派手だろうよと床を踏みつけた。

歩いていたフェレットに似たマスコットキャラを捕まえ、頼んで、拝んで、泣きついて、設定を手伝ってもらい、しっかりと行先を確認してから魔法のゲートを使用した。

ゲートを潜った先は、映画で見た昔の学校のような古い木造の建物だった。打ちっ放しのコンクリを黒く染めてあった外交部門の内装も、顔が映りそうなパールホワイトで塗り固められていた広報部門の壁材も、ここに比べると「新しい」という共通点がある。

質実剛健というか、実際的というか「見た目のためだけに金を使ってどうするのだ！」という気概を感じなくもない。フィルルゥは改めて気を引き締め、入口を潜って受付に向かい、しかし受付には誰もいなかった。呼び出しのベルのようなものもない。

「すいませーん、どなたかいませんかー」

返事がない。奥から誰かが出てくる気配もない。呼び出し用のベルやブザーが置いてあるわけでもない。それからもう一度、今度は前よりこころもち声を大きくして呼びかけ、更に三分待っても反応がなく、肺いっぱいに溜めた空気を吐き出しての大声で呼びかけ、五分待ってもやはり反応はなく、少しばかり悩みはしたものの、既に訓練は始まっている、と判断した。監査部門が総がかりで訓練をしているのだろう。受付がいないのも、呼びかけに応える人がいないのも、そういった理由に違いない。

諦めた方が良さそうな状況だが、諦めたくはなかった。ここまで時間をかけて無駄足というのは癪《しゃく》に障る。最初の一歩目で躓いたのはフィルルゥのせいだとしても、そこから長時間留め置かれたのは外交部門のせいだ。その辺をきちんと説明すれば訓練に参加させてもらえるのではないか。途中から混ぜてもらうのはいかにも気まずかったが、遅刻したせいでなにもせずに帰ってきましたと報告するのも相当に気まずい。

「すいませーん！　どなたかいませんかー！」

声をかけながら、学校の渡り廊下を思わせる古い通路を通っていく。

少し歩くと手製の案内標識のようなものが立っていた。人差し指で右側の通路を指差している「手の絵」が描かれている。その下には「逮捕術講習はこちら」とあり、さらにその下には斜めに紙が貼りつけられていて、恐ろしく乱暴な字で文章らしきものが書かれている。「本日は都合に」まで読み取ることはできたものの、それ以下は辛うじて日本語であることがわかるレベルだ。これは達筆ではなく乱筆だ。

とはいえ、要するに目的地がどこかわかればそれで良い。フィルルゥは案内に従って右に曲がり「学校の渡り廊下」から突き当たった先では高さ二メートル半、幅五メートル程もある大きな引き戸が開かれていた。「お邪魔します」と小声で声をかけて中に入る。そこはいよいよもって学校の体育館だった。

板敷だ。隅には畳が山と積み上げられていた。梯子《はしご》で昇る二階部分のようなものがぐるりと一周していて、そこに開いた窓から太陽光が入っている。

そして人っ子一人いない。周囲を見回し、もう一度見回した。誰もいない。

改めて見ると中学や高校の体育館より一回りか二回りは広い。古いは古いが、造りは立派でしっかりしている。こういった施設は魔法少女が乱取りをしても壊れることがないよう、強化の魔法がかけられていることが多い。

フィルルゥは天井近くまで積み上げられた畳の山に近寄り、ぽん、と手を当てた。畳一枚一枚も当然強化されているはずだ。魔法少女が上で走ったり、転んだり、受け身をとったり、這いずったり、そういった行為にも耐え得る耐久性が必要不可欠となる。となれば、相当に金がかかっているはずだ。

部門自体が刑務所よりも金を持っていそうだ。捕まえる部門と、捕まえた相手を閉じこめておく部門と、地続きで親戚のような間柄とはいえ、やはりこの辺は違ってくる。

フィルルゥが銭金のことをせせこましく考えていると――

「おお、いたいた」

声をかけられ、振り返り「おお」と、意図することなく相手と同じ反応をした。

警察官モチーフ、腰には回転灯、大きな手錠を肩から提げた魔法少女。見るからにおまわりさん、つまり監査部門に所属していると全身でアピールしていた。にこにこと笑い、右手を顔の前で振って「困ってたんだよ」と困っていない口ぶりで明るく話しかけてきた。

「どもども、パトリシアです」

おまわりさんのイメージに反し、口調は気さくだ。

「ああ、どうも。フィルルゥと申します」

「いやあ、ハハハ。人がいないからどうしたもんかと思っててさ」

「すいません。私も困っているんですが。どうして人がいないのかな、と」

「ええっ。そりゃ困るじゃないの」

「だから困ってるんですってば。遅刻してきたら、なぜか無人で誰もいなくて」

「マジで？　同じ同じ。こっちも逮捕術の講習にほんのちょこっとだけ遅刻してきたらさ、なんでか、だーれもいないでやんの」

顔を見合わせた。なんとなく話がズレているような気がする。警官風の魔法少女「パトリシア」も不思議そうな顔をフィルルゥに向けていた。

「……フィルさんさ、監査部門の人じゃないの？」

「いえ、私は受講者です。というか……そちらは監査部門の方じゃないんですか？」

「いやいや、こっちもただの受講者よ」

そんなナリで監査部門じゃないなんて詐欺《さぎ》じゃないか、といいたいところをぐっと飲み込んだ。これでは困っている人が困っている人に出会っただけでなにも解決していない。

「どうしましょうか。あんまり歩き回るのもあれですけど、他に誰かいないか探しにいった方がいいですよね。いくらなんでもここまで誰一人いないっておかしいと思いますし」

パトリシアは腕組みをしてしばし俯《うつむ》き、やおらと顔を上げ、フィルルゥの肩越しによく通る大きな声で呼びかけた。

「おおい、そこの人！」

フィルルゥは振り返った。呼びかけた先には積み上げられた畳しかない。

「そこの人ですよ、そこの人。畳の後ろに隠れてる人」

二秒ほどの間を置き、積まれた畳の陰からぬっと人影が現れた時は心底からぎょっとした。道場の中に入って、手を当てるまで畳の山に近づいたというのに全く気付かなかった。

畳の陰から現れた人物は魔法少女だった。武骨で攻撃的な、一振りの戦斧を思わせるギターを背負い、ピアスだのチェーンだのトゲだの髑髏だの首輪だのでじゃらじゃらと自分を飾りつけている。ロングTシャツにジーンズというシンプルな装いながら、見る者に与えるインパクトはけっして小さくないだろう。

ギターの魔法少女は右手を頭の後ろに当て、少しだけ気まずそうに笑った。

「別に隠れてたわけじゃないのね。それじゃまるで監査部門に忍びこんだ悪いヤツみたいなのね。トットは全く悪いことなんて考えてない清く正しい魔法少女なのね」

よくわからない。が、遅刻者同士で顔を突き合わせて困った困ったといっていたところに現れた救いの主かもしれない相手だ。フィルルゥは焦《あせ》る心を抑《おさ》えて尋ねた。

「監査部門の方ですよね？」

「そうそう、もちのろんよ。監査部門の人だって見ればわかるね」

見てもわかるだろうか。パトリシアがそういうのなら「そりゃそうでしょうよ」と思う。だが目の前のギターを背負った魔法少女はどちらかといえば反権力的な服装だった。マル暴の刑事は本職よりも本職に見える顔と格好をしている、という話を刑事ドラマかなにかで見たことがあったが、要するにそういうことなのかもしれない。

「監査部門の方ならご存知ですよね？　今、どういうことになっているんでしょうか？」

「ああ、それそれ。それ知りたいよね。遅刻してきたらなぜか誰もいないしさ」

ギターの魔法少女は頭の後ろに置いていた手を前に持ってきて、二度、額を叩いた。

「あー」とか「うー」とか、意味をなさない言葉を呟きながら左足を軸にしてゆっくり時間をかけて身体を右回転させ、十倍の速度で逆回転させてフィルルゥの方に向き直った。

「それは秘密ね」

「は？　秘密？」

「あなた達はあれでしょ。あれに来たのよね？」

「ああ、はい、逮捕術の講習に」

「そう、それよ」

ギターの魔法少女は、額を叩いていた手の人差し指をピンと立て、突きつけるようにして二度三度と振った。

「プライマリースクールの避難訓練だって生徒に予《あらかじ》め教えておいたりはしないのね。急にベルが鳴って、ただ今どこそこで火災が発生ってアナウンスがあって、訓練が始まるのね」

「なーるほど。今は避難訓練でいう普通に授業を受けている状態だっつーこと？」

「そうそう、そうなのね」

「じゃあ普通に過ごしてればいいのかな」

「そうそう、その通りね。それじゃトットは用事があるから」

「いやいや」

踵を返そうとしたギターの魔法少女の肩をパトリシアがぐっと掴み、身体の向きを反転させ、自分の方に向き直させた。ギターの魔法少女の両膝は小刻みに震え、奥歯が噛み締められている。全力で反発しようとしているのに、力で押さえられているのだ。

「でもトットはちょっと忙しい……」

「またここで二人きりになってさ。いつまでもいつまでも待ち続けるとか嫌な話じゃない。ちょっとでもいいからさ、お話ししようよ」

ギターの魔法少女は座り、というよりは座らされ、パトリシアは続いて座り、フィルルゥは尻が汚れたら嫌だなと思いながら二人の魔法少女と三角形を作るように座った。

「私はパトリシア。フリーランスで魔法少女やってます。特技は誰かを殴ること」

「ああ、私はフィルルゥと申します。魔法少女刑務所に勤務しています」

「トットは……キークっていうのね。監査部門で働いているのね」

「キーク？　トットじゃないの？」

「えーとえーと……トットキークっていうお名前なのね」

どんな訓練なんだろう、とか、今日は寒いね、とか、他愛《たあい》もない話を二言《ふたこと》三言《みこと》交わし、そんな程度の遣り取りでトットキークとパトリシアは肩を組んで笑っていた。

「いやあ、楽しいねトットは！」

「よくいわれるね！」

なにがそんなに面白いのかわからない。感じるのはただただ疎外感ばかりだ。フィルルゥが愛想笑いと相槌《あいづち》しかできない間に、二人の距離は緊密になり、ここに座った時の強引な遣り取りは既に忘れ去ったかの如《ごと》く仲良くしていた。

監査部門にはコミュニケーション能力が必要なのだろうか。容疑者との会話の中で自白させたり、他所の組織にスパイとして潜入したり、なんて任務も時にはあるかもしれない。落としの誰それなんてあだ名の職員がいるとか、いかにもありそうな話だ。

「で、フィルルゥちゃんはどうして講習を受けようと思ったのね？」

「え？」

ぼんやりと別のことを考えている時に話を振られると誰しも慌ててしまう。そして慌てた人間というものは、思わずいわなくても良いことを口に出してしまう。

「講習を受けると基本給が少し上がるんですよ」

口に出してから「余計なことをいってしまった」と思ってももう遅い。トットキークは
「お金は大事だものね」と手を打って笑い、パトリシアは目を瞑って頷いた。

「いや本当冗談じゃなく大事だからね。お金は」

「トットはお金持ちだから気にしなくても良いのね」

「そうなの？　トットってばお給料いいの？」

「お給料はともかく、お友達からお金を貰ったの。トットのお友達はすごいお金持ちになったから、トットにも少しお金を分けてくれたのね」

「へえ！　豪儀な話だなあ。で、で、いくらくらい貰ったわけ？」

「百万ね」

百万！　世の中には友達というだけでぽんと百万円くれる人間がいるらしい。「いいな」「羨ましい」「その人紹介して」といった言葉が出そうになり、慌てて飲み込んだ。

「いいなあ！」

パトリシアはフィルルゥのように自重も我慢もせず堂々と口にした。

「パトリシアちゃんはおいくらくらい貰ってるのね？」

「この前は一仕事で二十万くらい。百万なんてとてもとても」

二十万なら勝てる。少しばかりの優越感が湧き上がった。

「お仕事一回やって二十万ポンドなんてすごいのね」

「ポンドじゃないって。そんなに貰えないよ。ドルだよドル」

フィルルゥは激しく咳《せ》きこんだ。背中を何度も撫でられて顔を起こすと、トットキークとパトリシアが心配そうな目を向けている。

「大丈夫？　なにかの病気？　でも魔法少女って病気にならないはずね？」

「いや、はい、問題ありません」

実のところ、それほど大丈夫ではなかった。心は激しく揺れていた。一ポンドが何円かは知らなかったが、パトリシアの口ぶりから察するに一ドルより一ポンドの方が高い。つまり百万ポンドは百万ドル以上であり、日本円に換算すると——いや、そもそもパトリシアの二十万ドルという報酬は——フィルルゥは奥歯を噛み締めた。このまま話が進んで自分の給料に話題が及ぶととても嫌な思いをしそうだ。

フィルルゥは殊更に笑顔を作ってトットキークとパトリシアへ向けた。

「ちょっとむせただけですよ。だいたい健康に問題があったら捕縛術の講習になんてやってきませんから」

「そりゃそうね」

「刑務所には始終凶悪な犯罪者達が運びこまれてきますからね。とびきりに強く情け容赦のない魔法少女でなければ、とても務められません」

始終凶悪な犯罪者が運びこまれてくるという事実はなかったが、そういうことにしておいた。ある程度はったりが効いていた方が、話題を変えるにはやりやすい。

「刑務所で働いているなんて強い人ばっかりなのね。襲うのも骨が折れそうね」

「何万人も殺したとか、そういう連中が収監されるそうだからねえ」

案の定、上手い具合に話題は転じた。フィルルゥは腹の内でほっとしつつ話を続けた。

「常に強さを追い求めなければいけないんですよ。だからこそ、自分では持っていない技術を習得するためにもこの講習を受講しようと思い立ったのです」

先程給料が増えるからといったことは無視した。パトリシアとトットキークもそこには触れず「なるほど」「すごい向上心ね」と頷いてくれている。ここはさらに畳みかけ、生々しくも邪悪な金の話題を遠くに置き去りにすべき、とフィルルゥは判断した。

「監査部門には門外不出の術技《じゅつぎ》があったりするそうですね」

「おお、それは燃えるお話なのね」

「えっ、トットって監査部門っしょ？　門外不出の術技とやらも知ってんじゃないの？」

「いや、いやいや、そういう部署はトットの所とはちょっと違うから。監査部門の人なら誰でも知ってるってもんじゃないのね。トットはほら内勤だから」

「あ、内勤なんだ。あんまり見えないねー」

「トットのことはどうでもいいの。それよりどんな術があるっていわれてるのね？」

「なんでも耳を掴むだけで完璧に相手の動きを誘導できる技があるとか」

「ふへえ！　耳を掴んで！　すごいのね！」

「ねえトット、内勤の方はそういう秘伝とかないの？」

「耳は掴んだら即引き千切れって教えられたのね」

どこのギャングだという言葉は辛うじて飲み込んだ。今日は言葉を飲み込む機会が多い。

「実際に与えるダメージや出血は大したことがなくても部位を欠損させ、それを見せつけることで精神的に追いこむ……ってトットのマスターはいっていたのね」

えげつない。どうして内勤のやり口の方が残虐性において勝っているのだろうか。内心の怯《ひる》みを隠し「そういう考え方もありますね」と流しておいた。

「監査は面白いやり方をするんだねえ。私は耳を掴んだら親指で眼を抉《えぐ》ることにしてるよ」

ここは修羅界だろうか。

フィルルゥは乱れようとする心を懸命に宥《なだ》めた。トットキークは監査部門に所属している。武器と知性を持った野生動物を捕まえるハンターのようなものだ。それに比べれば、フィルルゥの仕事は動物園の飼育員くらいのものに過ぎない。危険性はあるにしても、常に生命の危機と隣り合わせで仕事をしているわけではない。

パトリシアに至ってはフリーランスだ。きっと一瞬の油断が命取りになるような世界だ。必要とあらば親指で眼球を潰すくらいはやってのける。だから不思議でもなんでもない。

理屈ではわかっていても心は萎縮《いしゅく》する。目の前の二人の魔法少女を恐れている。自分の小ささに気付かれることなくどうやってこの場をやり過ごすべきか――

「おお、まだいたか」

ハッとして声の方を向いた時には、パトシリア、トットキークともに身構えていた。フィルルゥも慌てて構えをとろうとし、しかし声の主が、仕立ての良い背広、綺麗に整えられた口髭、もう少しだけ痩《や》せればダンディの範疇《はんちゅう》に入るという中年男性だったため、構えることなく立ち上がって頭を下げた。来客だろうか。それとも監査部門の職員か。

入口から半身だけ道場に入っている中年男性は、身構えた魔法少女にも怯むことなく、むしろどこかほっとした様子で、

「まだいてくれて良かった良かった。今日は本当に事件が続くからな」

「いや、あの、それはどういう」

「本国筋のお偉いさんの別荘で立てこもりをやってる魔法少女達がいるそうだ。一刻も早く鎮圧しろと息巻いていたよ。このクソ忙しい時に、一刻も早くもないもんだ」

「いや、ですから」

「十番のゲートに設定しておいたから。それじゃよろしく頼むよ」

中年男性はそれだけいうと半身を引っこめた。革靴が通路を叩く音が少しずつ小さくなっていき、すぐに消える。追った方がいいか、やっぱり追った方がいいよな、という結論

を出したフィルルゥが走り出そうとした矢先、パトシリアが両手を打った。

「なるほど、ここからが講習の開始と。そういうことでいいのかな？」

話を振られたトットは、泡を食ったように左を見、右を見、パトリシアを見返し、なぜか自信なさげな様子で小さく頷いた。フィルルゥもようやく腑に落ちた。

「そういうことですか。つまりここからが避難訓練……逮捕術の講習が始まると」

「ここまで実戦形式を徹底するとは凝ってるよなあ。監査部門も案外ケレン味あるね」

「そうそう、監査部門はお芝居大好きだからね。じゃあトットはこの辺で……」

「トットキークさんは私達の担当というわけですか」

「え？　え？　うん、まあ、そうかも」

「十番ゲートだっけ？　よし、じゃあさっさと行こう。ただでさえ遅刻してんだから」

パトリシアはトットキークを立ち上がらせた上で先頭に押し出し、三人は道場を出て歩き出した。フィルルゥは心に期するものがあった。収入でも負けているし、職業の危険性でも負けているかもしれない。だが暇に飽《あ》かせて磨き上げた身体能力と戦闘技術まで負ける気はない。フィルルゥの双肩に全刑務所職員の誇りがかかっている。

◇◇◇

講習の舞台設定はイギリス。雇用者である魔法使いが些細《ささい》な失敗をあげつらって賃金の支払いを渋ったため、怒った被雇用者の魔法少女達が一斉に職場放棄し、魔法使いの館を乗っ取ってしまった。こういった事件が起きた時は監査部門の出番ということになる。

このシチュエーションではむしろ犯罪者側に加担したくなる。給料不払いの憂き目にあったことこそないが、もう少し貰えればと思ったことなら数知れず、さっき恵まれている人達からお金の話を聞かされたせいでフィルルゥの心はかつてなくささくれ立っていた。

だがこれはあくまでも訓練だ。訓練のため作られた設定に同情しても始まらない。

舞台となる「魔法使いの屋敷」は、高い石塀に囲まれた七十五メートル四方の敷地、蔓《つる》薔薇の絡みつくアーチがいくつも連なって石畳の道を飾り、イギリスあたりの古民家風のハコが付くという立派なお屋敷で、その佇まいはフィルルゥのささくれ立った心に穏やかならぬ風を吹きつかせた。

被害者である魔法使いは顔を真っ赤にして怒っていた。あの屑ども、金をやるに値しない仕事でなんという慮外な真似をと怒鳴って壁に杖を叩きつける様はまさに迫真の演技、監査部門には様々なタレントがいるのだと驚かされる。ただ、とんがり帽子に長いマントといういかにもな魔法使いの装束は少し野暮ったく、そこだけは演出面でマイナスだった。

「えーっと結界張ってあるんで外から見られる心配はするな、と」

「荒事が得意な魔法少女は五人くらいで、それ以外が十人ちょい……なるほどなるほど」

事前情報は中々に面倒臭そうなものばかりだったが、訓練なんだからそういうものだろう。三人は軽く打ち合わせをした。トットキークのベルトに結んだ糸はフィルルゥの小指に、パトリシアのベルトに結んだ糸は親指にそれぞれ結び、未だ怒りの演技を続けている魔法使い役の職員を置いて屋敷の中へと突入した。

鼓膜を震わせる怒声を張り上げ、パトリシアが玄関戸をバリケードごと蹴破った。後方からは家を傷つけるなという悲鳴じみた声が聞こえるが、パトリシアの耳にまで届いているかは疑問だ。全く気にせず壊し、砕き、中から投げられた籐椅子を飛び後ろ回し蹴りで砕き、その反動で玄関から外に出、入れ替わりでフィルルゥが中に入った。

階段を駆け下り、こちらに走り寄ろうとしている敵がいる。フィルルゥは足元の絨毯の端を掴んで全身の力を込めて引っ張った。上にいた敵は見事に転び、フィルルゥは倒れた敵に組みついた。腕を取り、足を取られ、縺れ合う中で徐々に敵の身体に糸を通していく。

お針子モチーフの魔法少女、フィルルゥの使う「魔法の糸と針」は、対象の頑丈さを無視してなんでも縫い付けることができた。その際、縫った物にダメージを与えることはない。糸さえ抜けば元通りになるのだ。耳を引き千切ったり目を抉ったりする必要はない。

縫い付けた糸を引き絞って関節を捩じり、筋肉を強制し、膝の上で脊椎を圧迫する。弓矢の形に固めて絞り上げた敵を階段から下りてきた別の敵に向かって投げ、相手が受け止めたところへ組みつき、二人纏めて素早く縫い付け、外に蹴り出す。

パトリシアは外、フィルルゥは前、トットキークは裏。

最も激戦となるであろう正面からの突入を買って出たことには理由がある。ここでガツンと強いところを見せ、刑務所勤務の面目躍如《めんもくやくじょ》といく。自分達は弱いから、役立たずだから、給料が安いのではない。安い給料で雇われているだけで、実際は有能なのだ。それを見せてやる。百万ポンドにも二十万ドルにも負けはしない。

勤務中には一度も見せたことがない気合いの入った表情で、きびきびと部屋の中を確認した。玄関から出てすぐにホール。見取り図はしっかり記憶してある。

三歩歩く度、床に糸を縫い付け、フィルルゥは進んだ。廊下に出てT字路を真っ直ぐ進み、飾られていた騎士の鎧《よろい》とすれ違い、そこでしゃがみ、糸の内一本を思い切り引いた。糸の先に縫い付けられていた鎧の兜《かぶと》部分が引っ張られて宙を飛び、フィルルゥの背後から襲いかかろうとT字路から飛び出した魔法少女の頭部に「くわん」と命中した。

ふらついた魔法少女に組みつき、両手を縫い付けて動きを封じた上で背負い、投げ飛ばし、受け身をとらせず頭から床に叩き落とそうとした直前で、そういえば訓練だったことを思い出して背中から落とした。危ないところだった。身体を丸くして呻いている魔法少女を丁寧に縫い付け、廊下の隅に転がしておく。

糸は振動を伝えてくれる。この屋敷の中でフィルルゥに背後から不意討ちをかけるのは不可能だ。トットキークに結わえた糸から振動が伝わる。彼女も戦っているのだろう。

合流すべく廊下を進み、途中の部屋にあったチェストに糸を巻きつけ、ぐっと引いた。木製のチェストをぐしゃりと潰して糸が締まり、内側からくぐもった悲鳴が聞こえた。中から不意を討《う》とうとしたって無駄ですよ、と心の中で呟き、チェストごと外へ投げた。

前方にある扉の中から殴りつけるような音が鳴った。フィルルゥは駆け出し、その勢いのまま扉を蹴り開けて部屋に飛びこんだ。部屋の中にいたひらひらとした衣装の魔法少女は、トットキークが振るギターを避けつつ、背後からのフィルルゥの跳び蹴りも回避した。トットキークはバックステップで距離をとり、ギターを掻き鳴らした。

魔法についてはお互いに教えてある。飛び出した音符をフィルルゥは横っ飛びで避《よ》け、ひらひらした魔法少女は音符の隙間をすっ、すっ、と流れるように抜けた。かわされた音符群は壁と床と天井、それにベッドを散々に打ちつけ、砕き、反射し、しかし跳ね返ってきた音符もひらり、ひらりとかわされてしまう。

「あいつなんでもかんでも避けちまうのね！」

フィルルゥはトットキークの背後に退き、後ろからちょんと背に触れた。

「タイミング合わせてもらえますか？」

「でも避けられるのね」

「もう一度、お願いします」

「はいはい、じゃあやってみるのね」

再度ギターから放たれた音符は狭い部屋の中を所狭しと飛び跳ね、しかしそれでも敵はひらひらと回避し、そこでフィルルゥが動いた。網状に編んだ糸を相手に向けて放つ。糸で編み上げられたネットが大きく広がり、敵を包み込んだ。不可視かつ広範囲に広がるネットはどうあがいても避けられない。

フィルルゥはネットに踵をかけて引っ張り、ひらひらした魔法少女がよろめいたところへ音符が直撃した。脾腹《ひばら》を強《したた》かに打ちつけ、身体をくの字に折り曲げたところへさらなる音符が殺到、敵は音符に塗《まみ》れて打ち倒された。

「……ちょっとやり過ぎましたかね？」

「大丈夫大丈夫、監査部門の訓練は実戦みたいなもんね」

監査部門のトットキークがいうのだから大丈夫なのだろう。フィルルゥはひらひらな魔法少女を縫い上げてから窓の外に放り投げた。

廊下から多勢かつ荒々しい足音の振動を感じ、フィルルゥはハンドサインでトットキークに指示を出した。魔法少女達が部屋に飛びこんでくると同時に、トットキークがギターを掻き鳴らして大量の音符で叩きのめし、三人の魔法少女を廊下へ叩き出した。ただ一人、音符を潜り抜けた魔法少女にフィルルゥがつっかけ、殴りつけざま肩口を縫い付け、天井の梁《はり》に糸を通して全力で体重をかけ、天井まで引き上げ頭をぶつけて気絶させた。

さらに廊下へ踏み出し、一人、二人、三人と殴り、蹴り、投げ、縫う。そのまま手摺の上を駆けて二階へ上がり、出会い頭にそこにいた魔法少女の顎を蹴り上げた。

大上段から「資本家の犬が！」と叫びながら斬り下ろしてきた魔法少女の長剣をかわし、捌き、糸で搦めとり、体を入れ替えたところへ音符が襲い、強かに敵を打ちのめす。設定とはいえ、監査部門の人間に「資本家の犬」呼ばわりされるのは納得がいかない。

次の部屋には十体ばかりの「黒い人型のなにか」が詰めていた。フィルルゥは数に圧倒された素振りを見せてひとつ前の部屋まで退き、黒い人型の集団がこちらの部屋にやってきたところで糸を引く。結界のように部屋の中で張り巡らされていた糸が収束し「なにか」が中央に纏められた。そこにトットキークが音符を浴びせ「なにか」が吹き飛ぶ。怒りに燃えて現れた「なにか」の主と思しき魔法少女はフィルルゥに殴りかかり、フィルルゥはそれを縦に張った糸で受け流す。すれ違いながらのスライディングで糸の輪を敵の足に引っかけ、逆さ吊りにして天井付近で縛り上げた。さあ次の部屋は、と蹴り開けると――寝室の窓が割られて魔法少女が三人床に倒されており、その後ろで控えていたパトリシアが肩を竦めた。

「待たされるばっかりで退屈だからさ。ちょっと外壁駆け上がってきた」

「駄目ですよ。ちゃんと役割分担について話し合ったじゃないですか」

「フィルちゃん一人で美味しいとこ持ってこうとしてもダメよ」

「一人じゃないですよ、これはあくまでも役割分担です。ねえトットさん」

呼びかけ、振り返る。が、そこにトットキークはいない。

「あれ？」

小指の糸を見た。いつの間にか外れている。

「別行動してたんじゃないのん？」

「いや、中で合流したんですが……おかしいなあ」

◇◇◇

「空前の大不祥事だよ」

苦々しげに吐き捨て、マナは叩きつけるようにしてテーブルへ茶碗を置いた。茶碗の中の番茶は、底が透けて見えるほどしか残っていない。相槌を打つかのように羽菜は茶瓶を手に取りおかわりを注いだ。

詰所兼休憩所として使っている待機室にはマナと羽菜以外誰もいない。それでも二人の声は低くなる。声高《こわだか》にお喋りできる話ではない。

待機室は入口以外の三方を魔法のキャビネットに囲まれている狭い部屋だ。その中にはこれまでに解決した捜査の資料が並んでいる。果たしてその資料の中に、今回の一件ほどの不祥事はあるものだろうか。二人は揃って溜息を吐いた。

「捜査員の顔も覚えていないようなおじさんにオペレーターなんてさせるから……」

「あの日は事件が続いてとんでもなく忙しかったからねえ」

「忙しいにしても……講習に来たお客さんに捕り物させたらまずいでしょ」

マナは再び番茶を飲み干し、羽菜はすかさずおかわりを注いだ。

「お客さんの方はなんとか誤魔化したんだって？」

「あの捕り物が逮捕術の講習だったってことにしたらしいよ」

羽菜はきっかり半分の番茶で喉を潤し、茶碗を静々《しずしず》と茶托《ちゃたく》へ置いた。

「ただね、妙な話があるみたいよ。まぁちゃん聞いた？」

「妙な話？　初耳だけど」

「捕り物させちゃったお客さんは三人いたらしいんだけど、捕り物が終わったら二人しかいなくなってたんだって」

「え？　オカルト話？」

「いなくなった一人の名前は職員の中にもいないし、受講者の中にもいなかった。外見的特徴を聞いたけど、それに当て嵌《は》まる人は誰もいなかったんだって」

「お姉ちゃん、そうやって怖い顔で脅すのやめて。怪談話なら話の方で驚かしてよ」

「監査部門には妖精が棲《す》んでいて、窮状《きゅうじょう》を見かねて助けてくれたなんて説が出てたよ」

「靴屋の妖精じゃないんだから」

プキン将軍の事件簿
魔法使いの殺人

『魔法少女育成計画』と関係無いほど
すごく昔のお話です。

朝霧の向こうで日が昇ろうとしていた。役所の上に立つ避雷針がほんのり薄い橙《だいだい》色に照らされている。そろそろ夜が明ける。ロンドンという街は、朝も霧、夜も霧だ。湿っぽさに嫌気が差しても逃げる場所は自宅かパブしかない。

十字路を曲がったところで梯子を担いだ点灯夫とすれ違った。胡散臭げに私を見ていた。私の格好が紳士然としていたからかえって訝《いぶか》しんだのだろう。

私だって仕事でなければ、明け方に裏道を歩き回ったりしない。

大通りから道を三本挟んで裏手、年中素人《しろうと》歌劇をやってることで知られる小劇場の周りを正門から右回りで三周し、そこから踵を返して左回りで四周、もう一度右回りで五周、路地裏に入り、誰の目にも見られていないならば、道が通じる。

石畳の道が、薄明るい空が、劇場が、溶けたように歪み始め、凡そ三秒ほど数えると、私は今までいた劇場前とは全く違った場所に立っていた。景色も違えば匂いも違う。気温も上がっているようだ。何度体験しても慣れることはない。子供の頃、ブランコをこいでいた時に感じた、内臓を揺さぶられるような気持ち悪さがある。

黴《かび》臭いボロ劇場は、もうどこにもない。劇場があった場所には屋敷がある。高い石塀に四方を囲まれた敷地はおよそ一辺が二百五十フィート弱。見た目から立派な金属製の門はこちら側に向けて開かれていた。分厚く頑丈そうだ。

私は門の横で見張り番をしている後輩に「やあ、お疲れ」と手を上げた。彼はぼんやりとした眼で新聞を読んでいたが、私に声をかけられ顔を上げた。やはり眠そうだった。

「おや、あなたまで寄越《よこ》されましたか。お疲れ様です」

「人員増やして一生懸命やってるポーズを見せたいんだろう。進展は？」

「アメリカの次の大統領はリンカーンだそうですよ。なんだか面倒臭そうなやつです」

「アメリカの大統領の進展なんぞ聞いていないよ。事件の進展を聞いている」

「あるわけありませんよ。早くどうにかしろとここのご主人おかんむりで」

金持ちだったり貴族だったりするやつは、何事も自分に都合よく動くと思っている。都合よく動かない時、その怒りは下々の者に向く。法の番人の中でもごく特殊な案件を担当する私達は、世間から秘せられた神秘的存在「魔法使い」と直接接触する選ばれた役人といえなくもないではない。しかし魔法使いにとってはやはり下々の者でしかない。

「まあ近いうちに解決するんじゃないかな」

「おや、解決のメドがついてると。流石だなあ」

「私が解決するんじゃない。部長が専門家を呼んだんだそうだ」

本来捜査に携わるべき私達が侮られている、見限られている、などという不愉快なことはお互い口にしない。実際、投げ出したい程度には難航しているのだ。

「へえ。専門家。そういう人もいるんですねえ」

「ああ。あんまり縁を作りたくならない相手らしいがね」

私は来た時と同じように軽く手を上げて男の前を通り過ぎた。そういえばこいつにブリッジで八シリング貸していたことを思い出したが、返せというのは給料日後でいいだろう。

蔓薔薇の絡みつくアーチがいくつも連なって石畳の道を飾っている。本来ならもっと立派な人物のために用意されているんだろうが、残念なことに今日の来客はしがない小役人でしかない私だ。石畳の道を抜け、ステップを超え、大扉の前に立つ。

魔法使いの屋敷を訪ねた時、大きな声を出したりノッカーを使ったりする必要はない。歴代の王朝、政府は常に魔法使い達と友好的な関係を保ってきたため、その手の礼儀作法についてもマニュアルができていて、魔法使いの存在を知る者であれば誰でも閲覧《えつらん》できる。

「保安局のファトルです」

私の奥ゆかしい呼びかけに黒塗りの大扉が重々しい音を立てて開いた。

帽子を脇に抱え、屋敷の中へ足を踏み入れた。爪先が中の絨毯を踏む瞬間、靴底を抜けて身体の中に手を――いや、もっと細かい触手のようなものを伸ばされるような感覚を受け、怖気《おぞけ》が走った。魔法使いでない私は大変に気分が悪くなる。魔法使いなら大丈夫、というものなのだろうか。こういう気色の悪い家に住むやつの気が知れない。

扉の先で出迎えてくれたのは見た目六十代後半くらいの老人だった。もっとも、魔法使いの屋敷にいるような人間が、外見年齢そのままとは限らない。

「やあ、どうも」

「当家の執事を務めさせていただいております。オルグレイブです」

一通りの挨拶をかわし、私は改めて執事を見た。上着の裾から棒のような物が僅かにはみ出ている。恐らくベルトに短杖を差している。この男も魔法使いか。その割に腰は低い。

腰は曲がっておらず、恰幅《かっぷく》が良い。全体が健康そうだ。表情は沈痛な面持ちだが、普段は人好きのする笑顔なんじゃないかと思わせる。執事顔というやつだ。額から頭頂までつるりと禿《は》げ上がった頭、身長は平均より若干低く、私の目線の位置に頭頂部がある。長い鬚《ひげ》は魔法使いの証《あかし》という美髯《びぜん》信仰でもあるのか、臍《へそ》のあたりにまで達するほど長々とした顎鬚《あごひげ》を蓄えていた。なんとはなしに、私は口元の髭を指先でさっと撫でて整えた。

「ご案内いたします」

オルグレイブが先に立って歩き出し、私はその後を追った。

老執事の足取りはゆったりしている。しかし年齢や体格、職業から考えれば、もう少し早く歩くはずだ。意識して落ち着こうとしているのだろう。

屋敷の奥、両開きの扉の前でオルグレイブは足を止めた。声を落として部屋に囁き、しかし返ってきた声は発情期の犬猫のように猛《たけ》っていた。申し訳なさそうなオルグレイブから「どうぞ」と促され、私は部屋の中に入った。

「遅い！」

挨拶もなにもあったものではない。

「申し訳ありませんでした。こういったデリケートな問題は関わる人間の数を絞りこむこともあり、捜査をするにも……」

「御託《ごたく》も言い訳も必要ない！」

この屋敷の主人、バンヘイム・ホーグルテンだ。

手にしている杖の先には水晶の髑髏があつらえてあり、瞳の部分に大振りのルビーが嵌め込んである。いかにも本格の魔術師風というフード付きのローブは、仕立てが良くベルベットビロードのように艶やかだ。このように小道具は大変立派だった。対して、本人が立派な魔法使いぶりかといえばそんなことはない。フードに顔を埋めるようにしている様は、ちょろっと生えた口髭も相まって袋鼠《ふくろねずみ》を思わせる。胸を聳やかし威張り散らしているものの、オルグレイブより頭一つ小さい。体格も貧相なら顔つきまで貧相だ。傍らには影のように佇む人間型の「黒一色のなにか」がいた。

私は報告書に目を通してからここに来たため、彼の人物をそれなりに知っている。しかし実際話してみると、報告書の作成者は彼の性格について手心を加えていたらしいことがわかった。

ホーグルテンは、要するに詐欺師だった。名家ゆえ、先祖代々培《つちか》ってきた人脈は多く、それを活かして悪党を悪党に紹介したり、困っている可哀相な者を食い物にしたりで財を肥やしてきた。脅迫、恐喝、法定金利を超える高利での金貸し、故買、人身売買、そういった表沙汰にならない犯罪行為の噂だけでも両手両足の指で余り、それでいて捕まりはしない。高家とのコネクションだったり、役人にたっぷりきかせた鼻薬だったり、巧妙な立ち回りだったりが、常にホーグルテンを護り続けてきた。

もっと直接的な守護役として、やつの隣に控える黒い影もいる。高い金を払ってどこぞのフランケンシュタイン博士もどきに作らせたという使役獣《しえきじゅう》だ。おぞましい黒一色でぬらっとした肌の質感、それになにかを傷つける用途以外では役に立たないであろう長く鋭い爪。使い魔というにはあまりにも物々しい。義憤や私怨から立ち上がった襲撃者がいたとしても、こいつを一目見ただけで回れ右で帰っていくに違いない。

「なぜ私がこのように不愉快な状態で長々と苦しめられねばならんのだ！　どこにいるともわからん人殺しに慄《おのの》きながらでは食事も喉を通らん！　夜も眠ることができん！」

当局の怠慢ぶりを一つ一つあげつらい、自分がどれだけ多くの税を納めているか、なぜその税に見合うだけの見返りさえないのか、ねちねち怒り続けるホーグルテンの怒りようは、私の心をさめざめと冷やしていった。これではやる気も無くなろうというものだ。

それからたっぷり十五分の説諭を受け、ようやく現場へ案内された。普段は食事の際に使用しているという部屋は、樫《かし》の長テーブルを中央に、余裕を持った造りで、壁一つにつき大きな絵画が一枚ずつ飾られている。審美眼に自信があるわけではないが、名のある画家の手によるものとも思えない。むしろ子供の落書きに近い。家主の「あれは三賢人のお一人、プク様から賜った」云々の自慢話は聞き流し、私は部屋の中に入った。二日経過してもまだ血の匂いが残っている。それに焦げ臭い。

現場の状況は報告書に認《したた》めてあった。

被害者はミセス・ホーグルテン。この屋敷の主、ホーグルテン氏の細君《さいくん》だ。

二日前。その日が事件当日だ。ホーグルテン邸に客が訪れた。これは別におかしな客ではない。ただの古馴染で、訪《おとな》いも予《あらかじ》め告げてあった。ホーグルテン氏は客を歓迎し、二十分程話してから細君に話題が及び、彼女がいないことに気が付いた。どうしたことだと家の中を探させ、この部屋に内側から鍵がかかっていたことを知り、呼びかけても全く返事がなかったため、仕方なく召使いに命じて扉を叩き壊し、変わり果てた夫人と対面した。

死体があった場所はテーブルの下。私は屈んでテーブル下を覗き込んだ。絨毯の一部が血を吸い、橙色と白の模様が赤黒く染まっていた。既に死体は片付けられている。

凶器は胸に突き刺さっていた刃物。屋敷の台所で普段使いだったキッチンナイフで、刃渡りは3インチ。屋敷の者であれば誰でも持ち出せた。

この部屋の戸締りは、内側からつまみを捻《ひね》るだけのものだ。外から鍵穴に鍵をさして開けるような構造にはなっていない。窓もなければ暖炉もない。ノブや扉を外すならどうやったって痕跡が残る、と連れてこられた錠前師が保証してくれた。夫人が自身で鍵をかけて自殺した、という可能性も否定されている。胸には何度もナイフが突き立てられ、致命傷になり得る傷が複数個所あった。どれだけ元気いっぱいな自殺者であっても、そこまで胸を突く前に死んでしまうだろう。

テーブルの上には灰が積まれていた。僅かに残った燃え滓《かす》から金銭借用証書であったらしいことが判明し、ホーグルテン氏が金庫を確かめてみると借用書が粗方《あらかた》無くなっていた。数十枚の紙切れが僅かな残骸を残して全て灰になっていて、ドアを開けた際に吹き飛び、部屋の中全体に灰が振りかかったのだそうだ。テーブルだけでなく絨毯や椅子、人、壁、扉にかかり、天井に至るまで汚していてホーグルテンを激怒させたという。

魔法使いに関わる場所で不可解な犯罪があった場合、我々はまず魔法を疑う。解錠《かいじょう》の魔法と施錠《せじょう》の魔法、ナイフに呪いをかける、死体を瞬間転移させる、壁抜け、その他様々な方法によって、魔法ならば通常有り得ない状況を作ることができる。

だが魔法ではない。それが問題なのだ。

ホーグルテン邸は全体が強力な結界に守られている。家の中で魔法を使用することはできない。中に入るだけでも内臓が撫でられるような気色の悪さを覚える、さっきのあれだ。通常、魔法使いの屋敷ではこのような結界を用いない。当然だ。魔法を用いず、雑用からなにから全て人の手でやるなど魔法使いにとっては恥ずべきことだろう。しかしホーグルテンは、魔法使いの誇りや利便性より、まず安心感を優先した。後ろめたいことを生業《なりわい》とし、魔法使いの敵も大勢いるであろう彼にとっては、不便さ、気持ち悪さよりも、魔法から身を守ることができる安全性の方が優先順位は高いのだ。

魔法使いだけではなく、使い魔も、ゴーレムも、各種魔法のアイテムも、ホーグルテンが使っている使役獣も、この家の中では特別な魔法の力を発揮できない。できるのは生来の腕力と鉤爪で物を切り裂くことくらいだが、護衛をさせるだけならそれで事足りる。

魔法を使うことができない家。人間を薄紙のように切り裂くことができる使役獣。この二つによってホーグルテンは敵の攻撃を寄せつけることなく、身の安全を確保してきたわけだが、残念ながら細君の方まで気を配ることができていなかった。

ホーグルテンの細君にとっては大変に不幸だったが、自ら招き寄せたものともいえる。ホーグルテンが詐欺師ならその細君もまた詐欺師だった。結婚前からホーグルテンの悪だくみにいくつも加担し、美人局のような真似までしていたという。

ホーグルテンのとばっちりで殺されたのかどうかも不確かだったため、まずは細君個人に恨みを抱いていそうな者が疑われた。さらに借用証書を火にくべたというやり口から、ホーグルテン氏から金を借りている者が疑われ、そちらにも多数の捜査員が派遣されている。金庫の鍵は、日頃ミセス・ホーグルテンが管理し、事件当日は開いた金庫の前に落ちていた。彼女を殺せば鍵を手に入れることはできた、即ち誰でも金庫を開けることはできたということになる。我らがホーグルテン氏は誰に金を貸しているかを教えてはくれたものの、明らかに灰の量より債務者の数が少なく、意図して隠された金の貸し借りがあるのは明白だった。貴人に貸したか、それとももっと後ろ暗い理由があるか。なんにせよ、こちらも非協力的な遺族のせいで捜査は難航している。

とはいえ、捜査班が最も疑っているのは屋敷内の人間だ。疑われることなく台所のキッチンナイフを持ち出し、夫人が金庫の鍵を管理しているという情報を元に借用書を灰にし、さらに屋敷の中で夫人を殺害する。外部の債務者が全てクリアするのは少しばかり難しい。もし内部に債務者がいれば、動機も内部事情の知識も兼ね備えている。ホーグルテンのことだから借金で奉公人を縛っていたとしても全くおかしくはないだろう。

私はホーグルテンを宥めつつ部屋の中を見て回った。報告以上のものはない。

続いて部屋の外も調べようとしたところ、ホーグルテンはねちねちと繰り言を浴びせながら私についてきた。家の中で一人にさせたくはないのだろう。

「まったく、役にも立たんくせにうろうろするやつがいては気が落ち着かん」

「申し訳ありません。今しばらくの御辛抱を」

大変に攻撃的な態度だったが、怯懦《きょうだ》の裏返しでもある。細君が殺された悲しみや借用書を灰にされた怒りより「次は自分ではないか」という恐怖が勝る。演技には見えない。

ホーグルテンが非協力的だという話は聞いていた。顔を合わせるまでは多少怪しまなくもなかったが、顔を合わせてみてわかるものもある。この男、犯人らしくはない。嘘偽りではなく、本気で怯えている。非協力的なのは、あくまで自分の悪事がバレては困るという思いからだろう。

厄介だ。ボスが外注の専門家を頼りにしたとして、私に責めることができようか。

家の中を歩き回り、屋敷の庭を見て回り、犯行のあった部屋まで戻ってきた。全て遺漏《いろう》無く報告通りだった。ホーグルテンは未だに不平不満を漏らし続けていた。

私はホーグルテンをいなしながら鎖付きの懐中時計を取り出し、時刻を確認した。もう昼近い。魔法使いの屋敷の中、というのはどうにも時間感覚が狂う。ホーグルテンに昼食を用意するつもりがないのなら自前で用意してこなければならない。

こんなことを考えていたものだから気が付くのが遅れた。

僅かに開いた扉の向こうから、一人の少女がこちらをじっと見ていた。その目に気圧《けお》され、私は口を半端に開いたまま誰何《すいか》することもできなければ咎《とが》めることもできず、ただ少女を見返した。物乞いもかくやといった継《つ》ぎ接《は》ぎだらけのドレスを着ていて、しかしそれがどうしたわけか似合っている。服装はみすぼらしいにも関わらず美しい少女だった。自然には生まれないような、人工物のような美しさに思えた。肌は病的なまでに白く、くすんだ灰色の瞳は底光りしている。額に垂らした前髪は瞳と同じようにくすんだ灰色だった。

少女は黙って私を見、私は黙って少女を見返し、しばしの間それが続き、やがて後ろから足音が聞こえてきて、さらにその後ろからオルグレイブの声がついてきた。

「私がご案内しますから。先に行かれては困ります」

ここでようやくホーグルテンも気が付いた。少女に目を向け、ぎょっとした表情で「誰の許可を得てここにいる」と叫んだ。咎めることができただけ大したものだ。

「我輩が許可を与えている」

扉の下から影が差し、すぐに開かれる。オルグレイブ、そして声の主が現れた。継ぎ接ぎの少女が嬉しそうに抱きつき、ホーグルテンは、今度こそ咎めることができず、二度三度口を開け閉めし、長々と息を吐き、それでも睨みつけ「何者だ」と掠れ声で問うた。

「我が名はプキン。この者は従者、ソニア・ビーン」

明るい色の髪には水鳥の羽が刺してある。革の手袋、革のブーツ、純白のタイツ、朱子織のマント。腰には三銃士の舞台でしかみないような儀礼用の細剣を提げ、時代がかった大きな襞襟《ひだえり》が不思議と似合う。前時代的な服装は魔法使いによくある奇癖《きへき》の一つだったが、これは魔法使いではない。噂に聞く魔法少女というやつか。

ホーグルテンが舌打ちをした。魔法少女を厭《いと》う魔法使いは多い。平民や下層民の中から才能ある者を選別し、新技術を用いて魔法使いのようで魔法使いではない存在を生み出すらしい、ということは私も聞いている。自分達で生み出しておいて嫌うというのも酷い話だが、実験動物が対等の立場にいるのが気に入らない、ということなのかもしれない。

私は魔法少女のことを嫌えるほどの知識は持たない。今日、初めて目にした感想は「恐

ろしい」だ。魔法使いは優れた研究者だったり、間抜けな金持ちの旦那だったり、鼻持ちならない貴族様だったり、どれだけ不可思議な術を使おうともわかりやすさがある。プキンとソニアにそんなものはない。野生動物のような緊張感と妖精のような可愛らしさが無理やりに同居し、一個の怪物としてできあがっている。見た目がどれだけ愛らしかろうとおぞましく、なのに目が離せない。ずっと見ていたくなるのだ。

「我輩はこの屋敷で起こった事件を解決してほしいとの依頼を受けてやってきた」

ホーグルテンの舌打ちは聞こえなかったように、プキンは堂々としている。内心の恐れとほんの少しの高揚を表に出さないようにしながら、私はプキンに話しかけた。

「おお、あなたがそうでしたか。ようこそいらっしゃいました」

残念ながら私の声も掠れていた。口の中が乾燥してしまっている。

今、私に名乗った「プキン」という魔法少女は、堂々と胸を張り、顔向けできない者などどこにもおらず、世界の中心には自分がいるという恐れを知らぬ佇《たたず》まいで、しかし、濃い「血の匂い」が纏わりついていた。

「まずは午餐《ごさん》をと思ったが用意はまだか？」

ホーグルテンが「ふざけるな」と掠れた声で叫んだ。こいつも逆らったらまずそうな相手だとわかっているだろうに、自分を強く見せておかねばならない立場でもあるため、自縄《じ》自縛《じょうじばく》でどうしようもなくなっている。

「食事の前にすべきことがあるだろう！　犯人が見つかるまでは安心して眠ることもできん！　妻の無念を晴らすこともできず、私の胸は引き裂かれてしまいそうだ！」

プキンは右目を眇めてホーグルテンを見た。ホーグルテンは半歩後ろに退《しりぞ》き、しかし逃げるわけにもいかず相手を見返し、使役獣は主人の前にささと進み出、私はオルグレイブに目で合図を送った。このままこいつらを同じ場所に置いておくな、と。

オルグレイブは主人になにやら話しかけ、私はホーグルテンとプキンの間を横切るように通り過ぎ「さあこちらへ」とプキン、ソニアへ笑みを投げた。

「午餐か？」

「ええ。少々お待ちください」

俯いたままだった女給に駆け寄って肩を掴んだ。呆然《ぼうぜん》とプキンを見ていた彼女は驚いた表情で顔を上げ、私を見上げた。私は彼女の耳元に口を寄せ囁いた。

「なんでもいいから食事を用意しなさい。いや、なんでもいいというのは語弊《ごへい》があるな。可能な限り良いものを可能な限り早く。急いで。食事ができる準備も含めてね。そうだな。台所の隣の空き部屋。あそこがいい」

女給の尻を叩いて——残念なことに色っぽい話ではないのだ——急がせ、私はプキンとソニアの二人を伴い台所の隣室へと移動した。五分後、湯気を立てたポークパイが到着し、ソニアは素手で、プキンはナイフとフォークを使ってむしゃぶりついた。

この短時間で用意されたということは、残り物を温めたといったところだろうか。まあ食べている二人に不満がないのであればそれで良いのだろう。プキンは皿いっぱいに盛られていたポークパイを綺麗に平らげ、私に、例の、見る者を震え上がらせる目を向けた。

「まさかこれで終わりではなかろうな？」

私は震え上がろうとする身体を懸命に押し宥め、笑顔で応えた。

「それはもちろん」

女給に指示し、サンドイッチでもカツレツでもとにかくあるものを持ってこさせるように命じた。この際タール水でも嫌がらず口に入れるかもしれない。

「ところで……どのようにお呼びすればよろしいでしょう？」

「将軍でも閣下でも好きなように呼べばいい。我輩は少々の無礼も寛大に許す」

「ありがとうございます、将軍閣下」

私は魔法使いとの交流こそあれ、魔法少女との付き合いはない。彼女達のことは非常に偏った噂でしか知らない。

まさか全員こういう人物というわけでもあるまい。もしそうだとしたら、あまりにも楽しい。私としては望むところだが、世間は嫌がるだろう。

プキンとソニアはとにかく食べた。細い身体のどこにこれだけ入るんだろうと思えるほど、食べて、食べて、食べて、飲んで、二人が満足するよりも先にホーグルテン家の食糧庫が底をついた。女給が申し訳なさそうに食料が尽きた旨を報告し、プキンもソニアも物足りなさそうではあったが、怒り出すほどではなく、私はほっとした。時計で時刻を確認すると、午餐どころか午後のティータイムという時間になっている。

「将軍閣下には今回の事件を解決していただけるということで」

「うむ。今日中には解決しよう」

現場を確認もせず来るなり食事で今日中に解決するというのは流石に無理があるのではないだろうか。魔法少女は特殊な魔法を持っている、とは聞くが、この家の中では彼女も魔法を使って解決するというわけにはいかないはずだ。

「事件についてはどれほどご存知でしょうか？」

「知らんな。話せ」

私は必要と思われる部分を漏らすことなく説明した。私の説明を聞いてもプキンは生返事で受け流し、聞いていないわけではないようなのだが、特に思うところもないようで、ソニアの顎の下で指を動かしくすぐっていた。その態度を咎めるのは私の仕事ではない。

「ええ、ご存知のように大変に不可解な状況となっていまして」

「不可解？　そうか？」

プキンはようやく私に顔を向けた。なんとも不思議そうな表情だ。

「不可解ではありませんか？」

「我輩は拷問《ごうもん》が得意だ」

ああ、と納得した。体制側にいて、ここまで血の匂いを漂わせているのは兵士か暗殺者か処刑人かと思っていたが、拷問吏《り》ならまあわかる。偉ぶった態度にも頷ける。「魔法の国」では代々爵位《しゃくい》を持っていなければ拷問吏の職につくことはできない。魔法使いへの拷問は禁止されて久しいが、一般人相手ならまだまだ現役だ。この魔法少女は、ひょっとすると元々がそれなりの偉物だったりするのだろうか。

「だからこそ嘘を暴《あば》くことができる」

「なるほど。嘘を吐いている者に真実を吐かせるご職業なわけですからね」

「こういった事件の解決は本職ではない。しかし不得手ではないのだ」

私はふと疑問を持った。拷問吏に解決をさせる、ということは、拷問をするのだろうか。

プキンは私に目をやり意地悪そうに口元を歪ませた。

「不安か？」

「は？」

「心配には及ばん。この程度の事件に拷問は必要ない」

プキンはマントを翻して立ち上がり、テーブル上の食べかすが部屋の隅まで飛ばされた。

「期待して待つがいい。ソニア、行くぞ。仕事だ」

二人は散々に食べ散らかして汚した部屋を後にし、私はそれを見送った。

◇◇◇

それから二時間後。外は暗くなろうとし、部屋のランプにも火が灯されていた。私達はプキンの命によって事件現場の部屋に集められていた。私達、というのは、私、同僚が二人、執事、若い女給、まあ若い女給、それほど若くはない女給、私の母くらいの年齢の女給、洗濯婦、馬丁、料理人、他に召使いが五人か六人か、それと不平たらたらで未だいらついているホーグルテン氏、彼の使役獣、従者のソニア、とにもかくにも関係者全員が集まったのを確認、プキンが厳《おごそ》かに話し始めようとし――納得いかない様子で鼻を鳴らした。

「狭いな。我輩が華麗に事件を解決する舞台として貧弱過ぎはしないか？」

「将軍閣下、なにとぞご寛恕《かんじょ》を……なにせ人数が人数ですから」

「ふむ。まあそれくらいの我慢はしてやろう。では今からこの事件の真相について話す」

周囲がざわついた。

「屋敷内では魔法が使用できず、被害者は内側から鍵のかかった部屋の中で何者かによって殺されていた。貴様らはこれを不思議だ不可解だと騒ぎ立てていたようだが、我輩にいわせればどうしてこの程度の仕掛けがわからんのか、それこそが不思議でならん」

　プキンは部屋中央の長テーブルを蹴り上げた。そう、恐ろしいことに蹴り上げた。男数人がかりでなければ運べないような長テーブルが天井近くまで浮き、耳を塞ぐ者、目を瞑る者、大きく口をあける者、その他様々な驚きの反応を見せる中で地響きを立て、横に倒れて床に落ちた。長テーブルの持ち主であるホーグルテン氏が当然の権利として怒鳴りつけようとしたのに先んじ、プキンはしゃがみ、毛の高い絨毯を掴み、引き裂いた。

　ホーグルテン氏は、なにかいおうとはしているのだろうが、目をむいたまま口を開閉させるだけで言葉が出てこない。家主が文句をいわないのだからプキンを止める者はいない。絨毯を剥ぎ取られ、露出した床の上で「ふん」と足を踏みしめ、一撃で床板を踏み割った。

「これを見よ」

　踏み割った部分に指先を向け、私達は割れた床板の周囲に並び、見下ろした。

「これは……穴？」

　床下の地面に刳り貫かれた穴はどこまで続いているのか、ランプを持ってきて照らしたくらいでは底も見えない。相当に深い穴だ。

「その通り、抜け穴だ。犯人は被害者を殺し、内側からつまみを捻って鍵をかけ、巧妙に隠蔽《いんぺい》された床下の抜け穴を通ってこの部屋を脱したというわけだ。さて、どこに続いていたかというと……それについても既に調べてある」

　プキンは部屋を出、私達はぞろぞろとそれについていく。ホーグルテン氏は歯噛みしていたが、床や絨毯や長テーブルへの暴力行為に対する不平不満を口にしてはいなかった。屋敷の廊下を通り、ホールを抜け、入口の大扉から外に出た。召使い達が手に手にランプを掲げ持ち、薄暗い中でもずんずんと進み、行列はそのまま庭から洗濯場へ、洗濯場から裏庭を抜けて歩き、そこでようやく止まった。

　プキンは両腕を広げ、掌を開き、役者のように朗々と話し始めた。

「ここに入口があった。実に巧妙な――」

　くしゅんと可愛らしいくしゃみをした者がいる。ソニアだ。皆に注目され、照れ臭そうにしながら鼻の下を擦った。手袋についていた土が鼻の下を汚してしまい、プキンは細剣に添えていた右手で胸元のハンカチを引き抜き、ソニアの鼻の下を拭った。プキンは言葉を遮られたことには触れず、続けた。

「実に巧妙な手段で隠されていたものだ」

　スコップを持ったソニアが命じられるまま土を掘り起こし、二フィートは掘ったであろうところでスコップの刃が「かつん」と土以外のなにかに触れた。ソニアはスコップを放って手で掘り始め、見事なスコップさばきに見惚れていた男達はそれを手伝って土をすくい出し、一枚の板を露出させた。上から見ていた私には、それが「蓋」に見えた。

「この蓋を上げると、こういうわけだ」

　先程部屋の中で見たのと同じ、深い闇が続いていた。捜査員の一人が「ちょっと行ってみます」と中に飛びこんだ。私はしゃがみこみ、見える範囲で穴を調べた。穴の縁を指で撫でると黒い煤《すす》のようなものがついている。五分後「確かに続いてました」と土に汚れた捜査員が戻ってきた。

「いや、しかし……」

執事のオルグレイブが酷くいいにくそうに言葉を濁《にご》し、ちらと主人へ視線を向けた。ホーグルテン氏は口を噤《つぐ》んで目を瞑っている。

「そう、ここは家主の部屋の前だ」

穴を跨ぎ、窓を二度ノックした。部屋の内側でカーテンが揺れた。プキンは続ける。

「ここからあの部屋まで穴掘りをしようとすれば、土を掘り出して運ばなければならない。けっこうな大作業になる。他人の耳目がない深夜に作業するとしても、ここで寝ているはずのホーグルテンが気付かないはずがない」

ホーグルテン、と呼び捨てにしたが、当人も含め誰も咎めはしなかった。プキンは緩慢な動作で氏に指を向け、「お前が犯人だ」と呼ばわった。周囲の人間は後ろへ退がり、ホーグルテン氏は力なく微笑んだ。みすぼらしい髭は一層みすぼらしく下を向いている。

「妻を刺殺した感触が未だ手から抜けないのだ。裁《さば》かれれば少しは薄らぐのかもしれないと一人になる度考え、しかし自首することがどうしても……どうしてもできず……」

項垂れたまま、口の中で数語呟き、同時に彼の傍らにいた使役獣が手を振り上げ、主に向かって勢い良く振り下ろし、ホーグルテンは地面に叩きつけられた。

使役獣は寸断された。プキンが剣を抜き、構えているのを見て「彼女が剣を抜き、一瞬で切り刻んだのだ」と理解した。女給が悲鳴をあげ、召使い達が逃げ出す中、私は血だまりの中で倒れているホーグルテンに駆け寄った。これで生きていろというのは無茶だろう、という状態だ。頭部は頬骨のあたりまで破壊され、血が噴き出している。

「事件は解決した。めでたしめでたしといったところだな」

私は顔を上げた。プキンが血も凍るような笑みを浮かべていた。慌てて目を逸《そ》らし、プキンの視線の先を見ると、オルグレイブが鉛《なまり》を飲んだような顔で立ち尽くしていた。

◇◇◇

妻を殺害し、しかし罪の意識に苛《さいな》まれたホーグルテンは、使役獣に命じて自分を攻撃させた。彼の自殺は見事に成功し、後味の悪さを残して事件は解決した。隠し通路について全く気付かなかった捜査班の面々はボスから酷く叱責され、今日もパブで愚痴っている。

私達は元の退屈な日常に戻った。ホーグルテン邸のように、魔法を使うことができない状況で不可解な事件が起こる、などということは滅多になく、我々保安局の面々は今日も部長の目を盗んでブリッジをしている。

「八シリング、いつ返してもらえるんだ。給料日は三日も前だぞ」

「家賃二ヶ月分払ったら給料が粗方《あらかた》飛びまして。次の給料日までにはなんとか」

次の給料日まで負け分が八シリングで済んでいると思っているあたり甘い男だ。ギニー金貨が必要になるまでかっぱいでやろう、という目標を持ってブリッジに臨み、八シリングの貸しが二シリングになったあたりでお開きとなった。万事こういうものだ。

床につき、安宿の煤《すす》けた天井を見上げながら私は考える。

穴を掘って「誰も入れない部屋」を作り上げたホーグルテンが細君を殺害し、露見したため自殺した。わかりやすい。わかりやすい茶番としか思えない。

ホーグルテンは端的にいってクソ野郎だ。細君を殺すまではともかく、罪の意識にとらわれるほど殊勝《しゅしょう》な人格を有していないし、犯行が露見したところで易々《やすやす》と罪を認めるとは思えない。ホーグルテンのような男なら、絞首台の上に立たされても「私はやっていない」と訴え続ける、はずだ。一日限りの付き合いしかなかった私が断言しても「確かにそういう面もあったかもしれない。でも彼はそんな人じゃなかったんだよ」と優しく諭されるのだろう。だが私は確信している。あいつは大したクソ野郎だった。

あの日のことを考えると二人の魔法少女の顔が頭に浮かぶ。

出された食事の量が不満だったらしいプキンとソニア。

ホーグルテンが自殺した時、驚く周囲とは全く違う表情を……口元をほころばせ、楽しそうに、嬉しそうに、思い出しただけでも背筋が凍りそうな笑みを浮かべていたプキン。

プキンが話している最中にくしゃみをして注目を集めたソニア。彼女は鼻の下を擦り、土で汚してしまった。つまり彼女の手袋には土がついていた、ということになる。なぜか？　ソニアはプキンに命じられて穴を掘ったのではないか？　屋敷の中で魔法を使うことはできないが、屋敷の地下で魔法を使うことはできるだろう。魔法を使えば、短時間で誰にも気付かれず長い抜け穴を通すこともできた。床を抜くことはできないし、短時間で隠し扉を作ることもできないだろうが、プキンが床を破壊したことによって有耶無耶《うやむや》になった。その道の玄人である捜査班の徹底した探索によっても発見できない「巧妙な抜け穴」だったということになってしまった。

ソニアのくしゃみについてはもう一つある。タイミングもあって、彼女は周囲の注目を集めた。私も思わずそちらを見た。すぐプキンに目を戻したが、その時のプキンは細剣の柄に右手を添えていた。ソニアへ視線を外す前は細剣になど触れていなかったはずだ。従者の可愛らしいくしゃみにたまげて剣の柄に手をやるようなタマではない。

彼女の細剣にはいったいどんな意味があるのか。魔法少女が意味ありげに持っている細剣だ、なにかしらの魔法がかかっているのだろう。単に使役獣を寸断できるほど切れ味がいいというだけでなく——そう、たとえば、人の行動を操るような魔法があるとしたら、それなら全てが収まるべきへ収まる。

ソニアにくしゃみをさせ、全員の視線が離れた隙を狙ってホーグルテンを操れば……わざわざ関係者一同を屋敷外へ誘導したのも魔法が使いたかったからだとすれば納得できる。

もし、魔法によってその日の内に抜け穴を開け、魔法によってホーグルテンを操り自白と自殺をさせ、事件を解決したとする。「魔法の国」は自白と状況証拠があればそれ以上調べようとはしないだろう。ホーグルテンが犯人で困る人間はあの場にいなかったし、たぶん世界中探したってどこにもいない。

寝る前に耽《ふけ》る私の妄想が真実に近かったとして、ホーグルテンに犯行を押しつけた理由はなんだろうか。社会的正義のため、悪党を誅《ちゅう》すべくやったのか。何者かに依頼され、邪魔者ホーグルテンを消す暗殺者だったのか。もっともらしいのに、どれもしっくりこない。

私はこう思う。ホーグルテンがプキンにたっぷりの食事を与えてさえいれば、あのような目にあうことはなかったのではないだろうか。

それなら、真犯人にはいったい誰なのか。私は何度となく仮説を作り、手繰《たぐ》り、部分部分を壊し、補強し、真実ではないかと思えるものへ組み立てていった。こういうことをしたことはなかったが、中々楽しいものだ。

犯人はミセス・ホーグルテンを殺害。彼女の持っていた金庫の鍵を使い借用証書を奪取。テーブルの上で灰にする、もしくは他所《よそ》で灰にしてテーブルの上に置く。その後、油の染みた糸をつまみに括るか強力な糊で張り付ける。扉の下から通して糸の逆端を外に出す。

自分も部屋の外に出、扉を閉めた後に糸を引き、部屋の外からつまみを捻る。その後、糸に着火して証拠を燃やす。この際に生じた灰については、部屋の外に出た物は丁寧に掃除し、部屋の内側に残った物は、借用証書の灰が散らばることで隠されてしまう。借用証書を燃やしたことは、目的ではなく、偽装の可能性が高いのではないだろうか。犯人が容疑者の中に入ることを嫌ったとすれば、債務者の一人である可能性はごく低い。

女給でも召使いでも馬丁でも料理人でも犯行は可能だ。だが、私はホーグルテンが死んだ後のプキンとオルグレイブを思い出す。犯人が誰だったか、ぼんやりと見えてくる。プキンは真相に辿り着いた上で真相を無視し、犯人を見抜いた上でそれもまた無視し、自分が気持ち良くなるための筋書きを作った。あの時のプキンとオルグレイブの表情は、つまりそういうことなのだろう。オルグレイブは生きた心地がしなかったはずだ。

私は寝返りを打ち、考えた。プキンはとても危険な存在だ。少し資料を調べてみただけでプキンについて書かれた物が山と出てきた。「魔法の国」が容疑者の人権について考慮するようになる前は、相当な無茶をしていたらしい……そう、つまりとても興味深いということだ。職に倦《う》み、人生に飽きた私を、その滅茶苦茶ぶりでほんの一時高揚させてくれた。

ボスはプキンに仕事を依頼した。プキンの連絡先を知っているはずだ。明日、それとなく聞いてみようと心に留め、私はもう一度寝返りを打った。

青い魔法少女は忙しい

『魔法少女育成計画restart』のゲームが
始まる前のお話です。

少女は目だけで天を見た。厚い雲に覆い隠され、月も星も空には見えない。風は強く冷たい。周囲には靡《なび》く雑草さえなく、むき出しの岩盤がごつごつとせり出している。

少女は目を細めた。下調べは済ませてある。周囲に罠や仕掛けの類はない。戦士として卑劣な振る舞いはしないが、卑劣な振る舞いへの対抗策は常に講じている。みっともない敗北は自分の恥だけでなく、師、先輩、後輩、皆の恥になる。

少女は首元に手を当てネクタイを締め直した。ネクタイの色は、自らを象徴する青。夏の青空を思わせる美しい青色だ。この色を見れば心が落ち着き、戦いを前にしていても神経が研ぎ澄まされる。冷たい風に吹きつけられていても、聞き逃さず、見逃さない。

東側、切り立った岩の向こうから走る足音が聞こえる。登り、上に到達し、そこから軽快に駆け下りてくる。少女は足音に耳を澄ませながらもそちらへ目を向けることなく、腕を組んだまま何者かが自分の目前まで走り寄るのを待った。

「遅かったな。武蔵《むさし》でも気取るか？」

何者かはポーズを決め、叫んだ。

「戦場に舞う青い煌《きら》めき！　ラピス・ラズリーヌ！」

「ラピス……ラズリーヌ？」

少女は眉根に皺を寄せ相手を見返した。コスチュームが全体に青く、白と茶の尻尾、尻尾と同じ柄のマントを羽織っている。肩にかからない程度の黒髪から目元の黒子に至るま

で忘れたことはない。あの魔法少女だ。彼女の顔を思い出す度、屈辱と羞恥で顔が歪む程度には記憶している。だが、名前に聞き覚えがない。

「貴様はブルーコメットだったはず」

「ああ、最近名前変わったんすよ。師匠から襲名したっす」

「それは……おめでとう」

「うっす」

「しかし偶然もあったものだな」

「偶然？」

「私も名を変えた」

少女は左の手甲を見せつけるようにして相手に向けた。そこに描かれているのは、長々と身をくねらせ、自らの尾を口に咥《くわ》えた蒼い龍だ。

「かつて私は蒼龍パナースと呼ばれていた」

「今は違うんすか？」

少女――パナースは左手に並べ、右手の甲を相手に向けた。そこに描かれているのは、翼を広げ今にも飛びたたんとしている黒い龍だ。

「今の私は蒼い龍ではない。双の龍と書いて双龍パナース。以前と同じとは思わぬことだ」

「ほっほーう。こりゃ凄いっすね」

ラズリーヌは矯《た》めつ眇《すが》めつ二匹の龍を眺め、パナースは鼻を鳴らしてそれに応えた。

「かつて魔王塾のイベントで……私は貴様と相見えた」

「あん時は大変だったっすよ。序盤でいきなり超強い相手が出てくるんすもん」

パナースはこころもち長めに息を吸い、数度に分けて口から息を吐いた。あのイベント以来、青い魔法少女との再戦を夢見なかった日はない。森の中で複数の魔法少女が入り乱れて戦うバトルロイヤル形式の演習だった。外部からの参加者に気を遣《つか》えという魔王パムからの訓示は話半分程度にしか聞いていなかった。目指すは優勝だ。全員殴り倒す。気合いを入れて臨んだパナースは、最初に出会った魔法少女「ブルーコメット」の思わぬ強さに手古摺《てこず》り、あれよあれよという間に状況が不利になり、気付けば救護所のベッドに寝かされテントの天井を見上げていた。優勝どころではない。一人目が最後の相手になった。

恥によって引退する魔法少女もいる。しかし、潔く退こうとは思わなかった。パナースは自分を知っていた。未だ途上にいる魔法少女だということを信じていた。恥をすすぐ方法は安易な引退ではない。強くなること、そして勝利すること。

一度卒業した魔王塾に戻り、一新人として鍛え直したいと魔王に直訴した。そこからは訓練に次ぐ訓練、戦いに次ぐ戦い、研鑽《けんさん》に次ぐ研鑽、他の塾生から狂気の沙汰と恐れられるまでに鍛え、磨き、死線を超え、肉体を強く、魔法を強くした。一年以上鍛え続け、身体能力が進化、さらに魔法の新たな要素が開花し、これでようやく勝てると確信した。

ラズリーヌはじろじろと不躾《ぶしつけ》に龍を見詰め、首を捻った。

「パナっちの魔法っすけど」

パナースはラズリーヌを睨みつけた。

「そのパナっちとは私のことか？」

「そっすよ。で、パナっちの魔法っすけど、手に描かれたイラストのドラゴンを実体化させて暴れさせるって魔法でいいんすよね？」

「イラストという呼び方はやめろ」

「なんて呼べばいいんすか？」

「龍の紋章だ。蒼龍パナースだった頃の私は龍を一匹コントロールするだけでもやっとだった。だが双龍となった今は、以前を遥かに上回る魔の力を手に入れたのだ」

左手を掲げ、叫んだ。

「神を喰らう蒼き毒龍《ヨルムンガンド》！」

右手を掲げ、叫ぶ。

「終焉に舞う黒き飛龍《ニーズヘッグ》！」

手札を教えたのはあくまでも対等な勝負をしたかったというだけのこと。相手の知らない魔法で不意を討って勝ったとして、それは勝利かもしれないが、パナースの望む勝利ではない。屈辱に塗《まみ》れた記憶が消えてくれるわけではない。

ラズリーヌは右から左へと逆側に首を捻った。

「つまり紋章増やせばどんどん強くなるってことっすか？　それインフレし過ぎてなんかどうしようもなくなったりしないっすか？」

なぜ心配されねばならないのか。苦々しい思いを噛み殺し、パナースは説明してやった。

「一匹から二匹に増やすだけでも、並の魔法少女なら五度は落命する激烈な鍛錬を必要としている。増やしたいからといっていくらでも増やせるものではない」

「そりゃ良かったっす。最終的に耳なし芳一みたくなったらどうしようかと思ってたっすよ」

へらへらと笑うラズリーヌを前に、殴りつけてやりたい衝動を懸命に抑え込んだ。自分はこんなにも緊張感のないやつを倒してやろうと訓練を続けてきたのかと悲しくさえなった。だが敗北したという過去は変えることなどできない。ライバルとした相手が自分の意に添うような存在でなかったとして、それで激昂するのは戦士としていかがなものか。

パナースは三度深く息を吸い、気を落ち着けてからラズリーヌに向き直った。

「双龍の力、すぐにでも思い知ることとなろう」

「あ、やっぱりそうなんすか。なんか急に説明始めたからどういうことかと思ってたっすよ。いやあ、嬉しいっす。一生ものの思い出になるっすね。ドラゴンの背に乗って空を飛ぶなんて子供の頃から夢だったっすよ」

ラズリーヌは嬉しそうに笑い、パナースは怪訝《けげん》な表情で見返した。

「なにをいっている？」

「だってドラゴンの力を思い知らせてくれるんすよね？」

「それがどうして背に乗って空を飛ぶことができるということになるのだ」

「これからあたし達ラーメン屋に行くじゃないすか。その前にドラゴンの力を思い知らせるってことは、つまりドラゴンに乗ってラーメン屋に行くんすよね」

「……あん？」

「わざわざこんな山奥の人気のない場所に呼び出されてなにが起こるかとドキドキもんだったっすよ。でも今はドキドキからワクワクにモードチェンジっすね」

「ちょっと待て」

「なんすか」

「ラーメン屋とはなんだ？」

ラズリーヌは心底から不思議そうな顔でパナースを見ていた。

「マジすか？　パナっちはラーメン屋知らなかったんすか？　ラーメン屋っていうのは」

「違う！　ラーメン屋について訊きたいのではない。ラーメン屋ならよく知っている。週一ペースでラーメンを食べているし、ネットで優良店を探す手間も惜しまない」

「そりゃそうっすよね。ソウルフードっすもんね。いやびっくりしたっすよ」

「私が知りたいのは、なぜ私と貴様が連れ立ってラーメン屋へ行く、などということになっているのかということだ」

「だってパナっちからもらった手紙に書いてあったっすよ」

ラズリーヌはマントの裏に手を入れ、一枚の便箋を取り出した。見覚えがある。パナースがラズリーヌに差し出した決闘状だ。岩棚に吹きつける風のせいで手紙はバサバサと捲れ、ラズリーヌはその場にしゃがんで両手で手紙の端を押さえつけた。パナースは風上に回り込み、風から手紙をガードしつつ顔を寄せた。手紙の内容はパナースが認めたままで特に改変された部分は見当たらない。当然ラーメン云々と書いてあるわけもない。

「ラーメンなど無いではないか」

「ここっすよ、ここ。ほら『あの時のことを忘れてはいまい』って書いてあるっす。『我が宿願今こそ果たす時』ともあるっすよ」

「それがどうした。ラーメンは無関係だ。あの時のイベントで一敗地に塗れ、貴様への勝利のみを追い求め、己をいじめ、鍛え続けてきた。蒼龍が双龍となったことでようやく貴様を超えたと確信した。我が宿願である貴様への――」

「よくわかんねーっすけど……それっておかしくないっすか？」

「ふん。魔王塾卒業生の誇りは市井《しせい》の魔法少女である貴様にはわからんかもな」

「そういうんじゃなくて。あのイベントの時、パナっちって別に負けてねーっすよね？」

「え？」

パナースは立ち上がり、ネクタイを締め直した。ラズリーヌは後を追うように立ち上がり、手紙をマントの裏へ戻し、困ったような表情でパナースを見た。

「覚えてねーんすか？」

「あれ以来一時たりとて忘れたことなどない。貴様をただの一般参加者と侮った私は思わぬ実力にじわじわと押され、気が付いた時は救護所のベッドの上だった」

「あたし、パナっちのことやっつけてねーっすよ」

「なにをいうかと思えば」

ラズリーヌは右掌を開き、顔の前で左右に振った。

「嘘じゃねーっすよ。うわ、この人強いな、最初の敵がこんなに強いとかマジやべえって思って戦ってたらパナっちの後ろで大爆発が起こってパナっち吹き飛んで地面に頭から埋まって気ぃ失ってたんすよ。あたしはそれ掘り起こして救護所まで連れていったんす」

パナースは顎に右手を当て、空を見上げた。風は強く曇天《どんてん》は晴れる気配もない。当時のことを思い出そうとしたが、気を失っている間のことを思い出せようはずもなかった。

「いや、待てよ。そうだ、記録が残っている。蒼龍パナースのポイントフラッグはブルーコメットに回収されていた。貴様が私を倒した証左ではないか」

「気絶したパナっちからフラッグもらったっすよ。救護所で治療受けたらゲームオーバーだし、だったらあたしがフラッグもらってもいいかなって……まずかったっすか？」

パナースは再び顎に手を当て考えた。記録は「最終的に誰が誰のフラッグを手にしていたか」ということしか残されていない。倒れていた相手のフラッグを回収したという事実があれば、ブルーコメットがパナースを倒したということになってしまってもおかしくはなかった。そしてそれを否定するだけの材料を探そうとしても見つからない。パナースは考え、考え、考え、焦れたラズリーヌが顔を覗きこんできたところで、ぽんと手を打った。

「確かに貴様の話すことは筋が通っているように思えなくもない」

「そりゃそっすよ。正直にあったことを話しただけっすから」

「だが、ここまでの話でラーメンは一切関係してこないではないか。貴様、いい加減なことをいって私を煙にまこうとしているな？」

「救護所まで背負ってってった時、パナっちはうなされたみたく『ラーメン……ラーメン……』ってずーっといってたっすよ。あの時のことっていうのはそれだと思ってたっす。宿願っていうのはラーメンを食べたいって話なんだとばっかり」

「嘘だ！」

「嘘じゃねーっす！」

「私はそこまでラーメンに拘《こだわ》りがあるわけではない！」

「パナっちはどんなラーメンが好きっすか？」

「魔法少女に変身している時であれば爆食系、背脂系を好んでいる。味の濃さ、量の多さ、莫大なカロリーといった女性にとっての負の要素も魔法少女であれば全く気にせず純粋にラーメンを楽しむことができる。さらに魔法少女の鋭敏な嗅覚を利用し、熊本ラーメンや久留米ラーメンの強烈な香りをより強く味わう楽しみ方もあるな。人間時であればコッテリ系よりは鶏や魚介ベースのあっさりとした味わいを好む。ただつけ麺だけは人間時でも濃厚コッテリの魚介トンコツがいい。もちもちの太麺やぷるぷるの平打ち麺に絡めて」

「拘ってるじゃねーっすか！」

「たしなむ程度に過ぎん！　生死の境を彷徨《さまよ》ってる時に誰がラーメンと連呼するか！」

「ラーメンっていってたっす！」

「いわん！」

言い合い、睨み合い、先に目を逸らしたのはパナースの方だった。気合い負けしたわけではない。客観的に見て自分達がいかに不毛な時間を過ごしているかに気付いたのだ。

「わかった。ラーメンのことは置いておこう。今更どちらが正しいかを論じ合っても証拠や証人が出てくるわけではないからな」

「嘘吐いてないっすよ」

「ラーメンはいいんだ。問題の本質ではない」

「そうなんすか？」

「貴様のいうことが事実だったとして……私が爆発に巻き込まれて気絶し、フラッグを掠め取られたということが事実だったとしても」

「掠め取るなんて言い方は酷いっすよ」

パナースは右手人差し指を立て、ラズリーヌに向けた。

「貴様と私の決着は未だついていなかったということではないか！」

「ああ、まあ、そうなるっすね」

「ならば勝負だろう」

「そうなるんすか？」

一際強い風が吹きつけた。パナースのネクタイが風に踊り、顔の前ではためいていたが、パナースは敢えて構わずそのまま話し続けた。

「当然だ。今日この場で決着をつける。貴様も戦士。まさか逃げるとはいうまいな」

「逃げはしないっすけど……まいったっすねえ」

ラズリーヌは後頭部をかき、腕組みをし、天を見上げ、腕組みを解き、もう一度頭を掻いた。その間、口の中でなにやらぶつぶつと呟いている。

「実は師匠から頼まれ事をしてるんすよ。ここで決闘して、負けちゃったり、勝っても動けなくなったりすると師匠から頼まれた用事をドタキャンするしかなくなるっす」

「これから決闘だという時に、なぜそんな頼まれ事をしたんだ」

「これから決闘だと思ってなかったからっすよ。ラーメン食べに行って、その足で師匠の用事済ませちゃえばいいやって予定だったっす」

「それならわからなくもないが……」

ラズリーヌを無事に返すつもりなどない。手加減できる相手とも思っていない。

手加減できないということは、叩きのめすということになる。この場で叩きのめされたラズリーヌは師匠からの頼まれ事を果たすことなど到底できないだろう。

魔王塾卒業生であるパナースにとって、師匠という言葉は非常に重い。もし自分が魔王パムから頼まれ事をして、それをギリギリでキャンセルしなければならなくなったら……。

パナースは暴れるネクタイを右手で押さえ、ラズリーヌを見た。本当に困っている様子でうんうんと唸っている。長年リベンジを願い続けてきた宿敵とはいえ、どうもその宿敵たる根拠が怪しくなってきたこともあり、なんだか悪い気がしてきた。

ここで譲るべきはパナースの方かもしれない。

「ではこうしよう。順番を逆にするのだ。貴様は先に師匠の用事を済ませろ。その後、私と戦え。それならば私との戦いで行動不能になったとしても問題はあるまい」

「おお！　そりゃいいアイデアっすね！　じゃあ一緒に山を下りるっす」

「……なぜ私も一緒に行かねばならないのだ？」

「いやいやパナっち。もしあたし一人で行かせて師匠の用事済ませてああ良かったじゃあ帰ろうってなったらまずいじゃないっすか。こう見えてもあたしは忘れん坊将軍の名をほしいままにした魔法少女っすよ。一人にさせたらまずいっすよ」

そういわれると不安になってくる。そのまま逃げるとは思わないが、自分に都合良く物忘れしそうな雰囲気のある魔法少女ではあった。

「だからあたしと一緒に山を下りるっすよ！　その龍で！」

キラキラと光る目を向け、ラズリーヌはパナースの手の甲を指差した。

結局こいつは龍の背に乗りたいだけなのではと思わなくもなかったが、たとえそうだとしてもここで別れてしまっても大丈夫なものだろうか。

パナースは空を見上げた。雲がより濃く黒くなってきているようだ。風もいよいよ強く吹きつけてくる。雨になるかもしれない。ラズリーヌが戻ってくるまで待機するとしたら、雨が降ったから帰りますというわけにはいかなくなるだろう。濡れ鼠になって待っている自分を想像するだけで大変に惨めな気持ちになることができた。パナースは決めた。

「私も行こう」

◇◇◇

靴の踵が床を叩く度、靴音が倉庫に響いた。ただの靴音がやけに耳障りなのは、パナースが緊張しているからかもしれない。緊張しているのはパナースだけではない。銀色のジュラルミンケースを持った黒スーツの男も、男の傍らに立つ黒一色のコスチュームを見に纏った魔法少女も表情を引き締め油断なく警戒していた。警戒の対象であるラズリーヌだけがだらしなく笑っていて、それが一層周囲の緊張を煽っている。

埠頭《ふとう》の倉庫で黒服相手にジュラルミンケースを受け取るというシチュエーションは、人を無条件で緊張させる。具体的になにをしているのか、パナースは聞こうと思わなかった。深入りして楽しいことになるとは思えない。

黒スーツの男が慎重な足取りで一歩二歩とラズリーヌに近寄り、ジュラルミンケースを手渡した。ラズリーヌは軽々とそれを受け取り、マントの裏にひょいと入れた。男は深々と息を吐き、傍らの魔法少女は睨むような視線をラズリーヌへと向けた。

「用心棒を連れてくるかい。あたしらを信用していないらしいね」

用心棒。パナースのことらしい。余程「私は用心棒ではない」といってやりたかったが、なるべくなら絡みたくはない。パナースが黙っているとラズリーヌが口を開いた。

「用心棒じゃねーっすよ。ただのお友達っす」

「ただのお友達とは笑わせる。その手の龍……あんた、双龍パナースだろ。魔王塾の卒業生連れてきておいて、お友達が偶然ここにいますなんて言い訳が通用すると――」

「私は双龍パナースではない」

パナースは腕を組み、内心の動揺を毛ほども見せず堂々と応えた。黒い二人組は口を噤んでパナースをじっと見ている。訝しんでいるように見えた。

「見た目が似ているからよく間違われる」

「……へえ、そうかい。まあ別にあんたが誰でもいいがね」

一見すると違法取引に見えるこの取引が実際に違法取引だったとして、黒ずくめの二人がしょっぴかれた時に「双龍パナースが取引の場にいました」なんて証言をしたら部外者のパナースまで捜査されることになる。無関係と主張して通るかどうかはわからない。

パナースは「私は別人、私はパナースじゃない」と自分に言い聞かせた。そんなパナースに対し、二人の黒服は最後まで訝しげな表情を変えることはなかった。ラズリーヌが差し出した三十センチ四方の桐の黒箱を引っ掴んで埠頭の倉庫を後にした。耳障りな靴音が消え、しばらく経ってからパナースは腕組みを解き、ネクタイを締め直した。

「よし、用事は済んだな？　では決闘だ」

「すまねーっす。まだ別の用事が残ってるんすよ」

申し訳なさそうに手刀を切るラズリーヌに、思い切り嫌そうな顔を見せてやった。

◇◇◇

倉庫での取引を終え、北西方向に数十キロ移動し、今度は街中に入った。次はどんなことをするのかと思えば、路地裏の奥まったところにある幼稚園のような保育園のような建物に引っ張りこまれた。なにかの施設らしい。

「それじゃそっちはお湯でバター溶かすっすよ。あ、直接つけないよう気を付けるっす」

「はーい」

「そっちは黄身と白身を分けるっす。丁寧に混ざらないようにやるっす」

ラズリーヌが指示を出し、子供達がそれに応じる。一人一人がきちんと自分の仕事をこなす中、パナースだけが困惑し、立ち尽くしていた。ラズリーヌは施設の責任者らしき年《とし》嵩《かさ》の女性に先程のジュラルミンケースを渡し、交換で大きなダンボール箱を受け取った。

「ありがとっす」

「いえいえ。子供達が一生懸命作ったんですよ」

「いやー、マジありがたいっす。これがあれば百人力っすよ」

またなにかの取引かと思えばさにあらず。エプロンと三角巾の子供達に囲まれ、ラズリーヌもまたエプロンと三角巾に身を包み、はいこれと手渡された紙袋にはやはりエプロンと三角巾が入っていた。身につけるだけ身につけたものの意味がわからない。

「おい、なんだこれは」

「ここは師匠がいっぱいお金出してるらしいっすよ。タイガーマスクみたいいっすよね」

「そんなことを聞いているのではない」

「今日はお菓子作り教室っすよ。ほっぺたが落ちるくらい美味しーいケーキを作るっす」

「なぜ私がそんなことを」

「じゃあパナっちはこれをお願いするっす。角《つの》が立つまで泡立ててほしいっす」

渡されたボウルには先程黄身と分離したばかりの白身と泡立て器が入っていた。

パナースは考えた。ラズリーヌの意図がどこにあるかは知らないが、これを終わらせなければラズリーヌの用事も終わることがないのだろう。

意を決し、右手で泡立て器、左手でボウルを掴み、力強く掻き混ぜた。魔法少女の力で攪拌された白身はメレンゲになる前に周囲へ飛散、子供達が悲鳴をあげた。

「パナっちー！　なにをしてるんすかー！」

「す、すまない」

「優しく、軽やかにシェイクするっすよ！」

子供達はパナースが汚したあれこれを手早く掃除し「こんなこともあるよ」「お姉ちゃんくじけないでね」「がんばろう」と口々に励まして自分の仕事へ戻っていった。なんてできたガキ共……いや、お子さん達だろうと心の中で感謝し、パナースは作業を再開した。

◇◇◇

ケーキ作りを終え、次に来たのは県境を四つも超えた場所だった。

周囲には田んぼしかない中、でんと構えている真新しい体育館。アナリストでもいれば箱もの行政の弊害《へいがい》がどうこうといったことを語ってくれたかもしれない。大きな駐車場はそれなりに車で埋まっていて、閑散とした周囲の風景と絶妙にマッチしていない。

着替えルームだと通された二十畳ほどの部屋には若い女性がいっぱいに詰めていて、化粧をしたり、着替えたりで忙しそうにしていた。

手渡された紙袋の中身は魔法少女のコスチュームだった。布地が安っぽい。

「なんだこれは」

「『キューティーアルタイル』のコスチュームっす。あ、ひょっとしてパナっち『キューティーベガ』の方が良かったっすか？　でも体型的にアルタイルの方が」

「そんなことを聞いているのではない。これはどういう集まりなんだ」

「地方のコスプレイベントっす」

「なぜ我々がそんなものに参加せねばならんのだ」

「地方の魔法少女文化を醸成《じょうせい》するためには本職の魔法少女の協力が不可欠って師匠がいってたっす。正直よくわかんねーっすけどたぶん正しいことといってるっすよ」

もっともらしい理屈で丸め込まれている気がした。だがここで逆らってラズリーヌに逃げられでもしては今までの苦労が水の泡だ。埠頭の倉庫に出向いて用心棒の真似事をしたのも、小学生達とケーキを作って頬についたクリームを笑われたのも意味がなくなる。

それは困る。パナースは溜息を吐いて紙袋を受け取った。

「これは注意事項が書いてあるっす。読んでおいて欲しいっす。この手のイベントにはたまーに困ったちゃんが来るっす。もちろん自分から問題起こすのもＮＧっす」

「馬鹿にするな。私とてベテランの域に入り久しい魔法少女。魔法少女ファンへの対応は心得ている。戦う以外なにもできないでくのぼうと一緒にするなよ」

イベント開始五分後、既にパナースは疲弊していた。

ポーズを要求されればそれに応じなければならず、常に笑顔で楽しそうにしていなければならない。不躾な視線を全身で感じ、肌の痛みを錯覚するほどだ。幸い、過剰なスキンシップや極端なローアングルでの撮影等はなかったものの、慣れないモデル役は、パナースの身も心もぐったりとさせた。

本物の魔法少女と気付いたわけでもなかろうに、パナースとラズリーヌの周囲は大きな人だかりができていて他がどうなっているのかろくに見ることもできず、より不安は募った。キューティーアルタイルの格好をしている、というのも中々の屈辱感がある。アルタイルは魔王塾での顔馴染だった。彼女はとにかく愛想が悪かった。本人を再現するなら笑顔など浮かべずむっつりと塞ぎこんでいるべきだ。合宿の時、新鮮な魚を炭寸前まで真っ黒に焦がして「我が家の流儀はこうなんです」と主張し、一言も謝ろうとしなかった。あれは今思い出しても腹が立つ。

アニメ内でのキューティーアルタイルの相棒、キューティーベガの格好をしたラズリーヌが背中合わせでポーズを決め、パナースに小声で囁いた。

「いやあ、流石っす。笑顔が眩《まぶ》しいっすよパナっち」

ぶん殴ってやれたら気分が良いとは思うが、シャッター音がカシャカシャ鳴る中でそんなことをすれば証拠が残る。その証拠がもし魔王パムの元にでも流れたら……内心の怒りを笑顔で押し込め、パナースはキューティーヒーラーポージングを決めてみせた。

◇◇◇

コスプレイベントは無事に終了し、パナースとラズリーヌは体育館の壇上に並んで立っていた。開いたままの扉の外では参加者達が帰宅していく様子が見える。田んぼの向こうへ散っていく車を見ていると暗い気持ちになった。車が悪いのではなく、悪いのはラズリーヌとその師匠だ。決闘の待ち合わせ時間から既に半日以上経過していた。

ラズリーヌは一抱えほどもあるダンボール箱を床に置き、中身を確認していた。

「なんだ、それは」

「さっきもらった秘密兵器っす。ちょっとかさばるのが玉《たま》に瑕《きず》っすけど」

「秘密兵器だと？　次はなにをするつもりだ。というか、これはいつまで続くんだ。貴様の師匠はなにがしたいんだ」

「まあまあ落ち着いて」

ラズリーヌはマントの裏からメモ帳らしきものを取り出し、ぺらぺらと捲った。

「師匠の作った予定表によればそろそろらしいっすけど……あ、来たっぽいっすね」

気配を感じ、身構えると同時にラズリーヌとパナースを囲むようにして十数もの存在が体育館の中に現れた。走ってきたでも歩いてきたでもなく、突然そこに出現したどす黒く不定形な「なにか」は、パナースの師匠である魔王パムの羽を思わせ、握った拳に思わず力が入った。ラズリーヌとは背中合わせだ。どんな表情を浮かべているのか窺うことはできなかったが、動揺や恐慌は感じない。

体育館の中だけではない。外にもいる。ざわめき、蠢いている。

「やってくれたねえ」

入口の方から声がした。埠頭の倉庫にいた黒い魔法少女だ。蠢く「なにか」の後ろで射《い》殺《ころ》さんばかりにラズリーヌを睨みつけている。黒い魔法少女は桐の黒箱を高々と掲げ、床に叩きつけた。箱が割れ、番が外れ、風に飛ばされ散っていく。中身は無い。

「空箱掴ませやがって！　あたしらを出し抜こうったってそうはいかないよ！」

「もらった物を返せば許してもらえるんすか？」

ラズリーヌの声は落ち着いていた。

「返しただけで許すかい。落とし前つけてもらうよ。お前らんとこの研究結果は全部こっちに寄越しな。それで許してやる」

「よくわかんないんすけど、師匠のメモには返すなって書かれてるんすよ」

「返さないならなおの事だね」

黒い魔法少女が右手を掲げた。しかし指がスナップされる直前に、ラズリーヌが前振り一切抜きでドロップキックを敢行《かんこう》、魔法少女は自分を守らせていた「なにか」諸共に吹き飛ばされ、悲鳴と共に扉の外へと弾き出された。

パナースは横っ飛びに跳んで掴みかかってきた敵を回避し、その敵はまたラズリーヌに殴り飛ばされ、殴られた「なにか」は風船が破裂するかのように弾けて飛んだ。

ラズリーヌはさらに三体の「なにか」を殴り飛ばした。「なにか」は無暗に襲いかかってくるのをやめ、ラズリーヌとパナースを遠巻きに包囲した。少しは知性があるのか、じわじわと距離を詰め、囲みの輪を縮めようとしている。ラズリーヌは黒い魔法少女が弾かれた方を見て「おお」と声をあげた。体育館の入口だ。黒い魔法少女が大きな壺《つぼ》を肩に担ぎ、そこから「なにか」がどろどろと溢れ出し、形をとっていく。出てくるペースが恐ろしく早く、体育館の周囲は黒い「なにか」によって埋め尽くされようとしていた。

「数が多いな」

「そっすねえ」

パナースに頼ってくるであろうと予想し、精々気を揉ませてから助けてやろうと考えていたのだが、ラズリーヌは平然と、足下のダンボール箱の中から小さなボールをいくつも取り出していた。夜店のボール掬《すく》いで見るタイプだ。

「スーパーボー……」

「ラズリーヌボールっすよ。中にクズ宝石が仕込んであるっす」

「ほう……？」

「さっきケーキ作った所の子供達に作ってもらったっす」

魔法少女の力で投げられた無数の高反発のゴムボールが、体育館の壁から壁、天井から床を猛スピードで跳ね回る。と、ゴムボールの一つがラズリーヌに変化した。いや、変化したのではない。ボールのあった位置に一瞬で移動したのだ。

壁を蹴って三角に飛ぶ。床板を踏み砕いて敵を殴り、弾き飛ばす。同時に体育館を挟んで逆方向、水面蹴りから踵を叩き落とした。ゴムボールが体育館のそこかしこに反射して不規則に弾むせいで目で追いかけるのさえ難しい。

ラズリーヌはマントを翻《ひるがえ》してゴムボールを弾き、弾いた位置にまた現れた。敵を殴る反動でゴムボールも跳ね飛ばし、飛ばした先にまた現れる。目が眩むような動きで「なにか」を潰して回っている。

敵の位置全てを把握しているかのような滑らかな動きに見惚れそうになる。ジャブ、ジャブ、フック、アッパー、ストレートのコンビネーションが別の場所にいる別の敵をそれぞれに破壊していく。ローキック、ミドルキック、ハイキック、後ろ回し蹴り、個人への攻撃を想定した連携技が、対複数への技に昇華されている。

そこかしこで敵が吹き飛び、体育館の壁が破壊されていく。しかしなかなか敵の数が減らない。どこからともなく湧いてくる「なにか」は、駐車場に、グラウンドに、体育館の中に、滲み出すように出現していた。

敵はパナースの方にも向かってきている。黙ってやられてやるつもりはない。

パナースは左手を掲げ、叫んだ。

「神を喰らう蒼き毒龍《ヨルムンガンド》！」

十メートルを超える龍の尾が周囲を薙ぎ払おうとし、しかし黒い「なにか」は複数体合わさってそれを止めた。思っていたよりも耐久力がある。

パナースは右手を掲げ、叫んだ。

「終焉に舞う黒き飛龍《ニーズヘッグ》！」

龍の咢《あぎと》が黒い「なにか」に噛みつき、牙で貫き、さらに炎を吹いて一面を炙った。「なにか」の群れは悲鳴もあげずに蒸発していく。体育館の床は焼け、金属部分は溶け落ち、内側が露出していた。パナースは口元を押さえ、高温のガスと蒸気から逃れて退いた。

「やっぱり魔王塾の双龍パナースじゃないか！　その魔法知ってるぞ！」

扉の外で黒い魔法少女が叫んでいた。パナースは声を張りあげ「私は双龍パナースさんをリスペクトし魔法を真似てるだけだ！」と叫んだ。最後まですっとぼけると決めた。


激しい戦闘によって体育館はほどなく崩落、いくら周辺が田んぼばかりとはいえ、そこまで大騒ぎをして気付かれないはずはなく、パトカーや救急車のサイレンが近づくに及び敵は逃亡し、ラズリーヌとパナースもどうにか人目を避け近くの森に逃げこんだ。

疲れた。魔王塾での地獄のような訓練でもここまで疲労したことはなかった。戦ったから疲れたという単純なことではなく、精神的に疲弊している。

大きな樹によりかかるパナースに、ラズリーヌが手を差し伸べた。

「それじゃパナっち、師匠の用事も終わったからいよいよ本番っすよ」

「ああ……うん。ところで体育館だが……弁償については」

「それは心配ねーっすよ。ここの市長、国から貰える助成金のため建て直ししたかったけど、この体育館、まだまだ新しくてどこも壊れちゃいなかったから困ってたらしいっす。あれを壊すのも師匠の用事の一つっすね」

とても黒い話を聞かされ、さらに気が滅入った。差し出された手を取り、よっこらせとばかりに身体を起こしたパナースに、ラズリーヌは今日一番の笑顔を見せた。

「どこのラーメン屋行くっすか？　パナっちは美味しいとこ知ってるんすよね？」

パナースはラズリーヌを見返し、しばし考えた。パナースがどうしてここまでくっついてきたのか、この魔法少女は既に忘れている。だが、怒鳴るだけの元気はもう残っていない。

パナースは溜息を飲み込み、ラズリーヌに向き直って、頷いた。

「この辺なら美味いカレーラーメンを出す店がある」

「おお、カレーラーメン！　食べたことねえっす！」

「カレーラーメンを食べたことがないなど人生を損しているも同然」

パナースは首とネクタイの隙間に人差し指を入れてぐっと引き、弛《ゆる》めた。二人の青い魔法少女はラーメン屋を目指して歩き出した。

あとがき

こんにちは、遠藤浅蜊です。魔法少女育成計画というお話を書いています。やたらと登場人物がたくさんいて、一人一人がストーリーを持っているため、本編だけでは書ききれないことがざらにあり、そういった秘密のお話は短編になって世に出ます。

そうした短編を集めたのが、この本です。二冊目の短編集になります。二冊目です。恐ろしい話ですね。「このマンガがすごい！WEB」内で展開中の特設サイト「月刊魔法少女育成計画」の方で「この子の短編が欲しいよ人気投票」的なものを実施、上位入賞者がこの本で書き下ろし短編になってお披露目されています。

誰が上位入賞者なのか、人気のある短編はなんなのか、その辺が気になる方はぜひぜひ月刊魔法少女育成計画の方でチェックしてみてください。私は日に三度更新チェックしています。アニメの情報とか、グッズの情報とか、そういった情報が盛りだくさんで大変に楽しかったりするんですよ本当ですよ。

さて、このように、今回の書き下ろし短編は、いつもとは少し違う流れで製作されています。その結果、どういうことになったかといいますと。以下、短編が出揃ってから私とS村さんとの会話。


「ちょっと問題がありまして」

「問題？」

「人気投票上位というわけでもないのに短編登場率が高過ぎる魔法少女がいます」

「あれ？　そんな人いましたか」

「トットポップが三短編に登場しています」

「ああ……いわれてみれば。トットポップって順位どれくらいでしたっけ」

「だいたい真ん中くらいですね。得票数はミナ・マッドガーデナー・エイカーと同じです」

「どうしてその人が真ん中くらいになるほど票を得ているかはともかく、どうしましょうか。登場人物変更とかはちょっと……」

「あとがきで軽くいじっておいてください」

「ああ、それくらいでいいんですね……」


　というわけで、そんなことになりました。

　ベテラン魔法少女でキークの友人でフレデリカの弟子で反体制派所属で誰とでも友達に

なることができる彼女がどれだけ作者にとって便利……もとい魅力的なキャラクターであるかがよくわかりますね。三十分経過すれば作中どころか作外にまで干渉してきます。第四の壁を余裕で突破してきます。皆さんもトットポップにはご注意ください。

ご指導いただきました編集部の方々。そしてトットポップの危険性を教えていただきましたS村さん。ありがとうございます。

マルイノ先生、素敵なイラストをありがとうございます。今まで人間時の設定がろくにないようなキャラクターを多数イラスト化していただきました。魔法少女に見守られながら魔法少女を書くというのが今までのスタイルでしたが、人間も悪くないものだと新しい道を示していただきました。この道はこの道で進んでいこうと思います。

お買い上げいただきました読者の皆様、ありがとうございました。アニメの公式サイトがオープンしたり、『魔法少女育成計画restart』のコミカライズが発表されたりと、さまざまなメディアミックスが今後もどんどん展開されていきます。そちらもぜひお楽しみに。

それではまた次のお話でお会いしましょう。

カバー袖にて"口絵に～"
と申し上げたのですが、全ての
作業を終えた今、この本自体
私にとってうれしいメンバーが
勢揃いの巻でした。
魔法少女育成計画は
魔法少女はいう間でもないですが
登場する男の子も魅力的で
エンドルフィンが止まりません。
ありがとうございました

本書に対するご意見、
ご感想をお待ちしております。

| あて先 |

〒102-8388　東京都千代田区一番町25番地
株式会社 宝島社　書籍局
このライトノベルがすごい!文庫 編集部
「遠藤浅蜊先生」係
「マルイノ先生」係

このライトノベルがすごい!文庫 Website
［PC］http://konorano.jp/bunko/
編集部ブログ
［PC&携帯］ http://blog.konorano.jp/

このライトノベルがすごい!文庫

魔法少女育成計画 episodesΦ

(まほうしょうじょいくせいけいかくえぴそーず・ふぁい)

2016年 4月23日　第1刷発行
2024年 4月 2日　第5刷発行

著　者　遠《えん》藤《どう》浅《あさ》蜊《り》

発行人　関川 誠
発行所　株式会社 宝島社
〒102-8388　東京都千代田区一番町25番地
電話：営業 03(3234)4621 / 編集 03(3239)0599
https://tkj.jp

印刷・製本　株式会社広済堂ネクスト

ISBN978-4-8002-5443-6